LES CHRONIQUES D'ANGEL
VOLUME I

BUFFY CONTRE LES VAMPIRES AU FLEUVE NOIR

1. *La Moisson*
   Richie Tankersley Cusick
2. *La pluie d'Halloween*
   Christopher Golden et Nancy Holder
3. *La Lune des Coyotes*
   John Vornholt
4. *Répétition Mortelle*
   Arthur Byron Cover
5. *La Piste des Guerriers*
   Christopher Golden et Nancy Holder
6. *Les Chroniques d'Angel I*
   Nancy Holder
7. *Les Chroniques d'Angel II* (janvier 2000)
   par Richie Tankersley Cusick
8. *La Chasse Sauvage* (mars 2000)
   par Christopher Golden et Nancy Holder
9. *Les Métamorphoses d'Alex I* (mai 2000)
   par Keith R.A. DeCandido
10. *Retour au Chaos* (juin 2000)
    par Craig Shaw Gardner
11. *Danse de Mort* (septembre 2000)
    par Laura Anne Gilman et Josepha Sherman
12. *Loin de Sunnydale* (novembre 2000)
    par Christopher Golden et Nancy Holder

LES CHRONIQUES D'ANGEL

VOLUME I

par

NANCY HOLDER

D'après les scénarios Alias Angélus *et* Dévotion, *de David Greenwalt et* Mensonge *de Joss Whedon. Basé sur la série créée par Joss Whedon*

FLEUVE NOIR

Titre original :
Angel Chronicles - Volume 1
Traduit de l'américain par
Isabelle Troin

Collection dirigée par
Patrice Duvic

Le Code de la propriété intellectuelle n'autorisant, aux termes de l'article L. 122-5, 2 et 3 a), d'une part, que « les copies ou reproductions strictement réservées à l'usage privé du copiste et non destinées à une utilisation collective » et, d'autre part, que les analyses et les courtes citations dans un but d'exemple ou d'illustration, « toute représentation ou reproduction intégrale ou partielle, faite sans le consentement de l'auteur ou de ses ayants droit ou ayants cause, est illicite » (art. L.122-4).
Cette représentation ou reproduction, par quelque procédé que ce soit, constituerait donc une contrefaçon sanctionnée par les articles L.335-2 et suivants du Code de la propriété intellectuelle.

© ™ et © 1998 by the Twentieth Century Fox Film Corporation. All rights reserved.
© 1999 by Le Fleuve Noir pour la traduction en langue française.

ISBN : 2-265-06795-4

PREMIÈRE CHRONIQUE
ALIAS ANGÉLUS

PROLOGUE

L'antre des morts-vivants : une église en ruines qui sentait la pourriture et la mort.

La tiédeur trompeuse d'une centaine de bougies. Une mare de sang.

Un petit garçon jetait des cailloux dans l'épais liquide écarlate. Près de lui, un vampire tout de cuir vêtu souriait d'un air indulgent. Assis en tailleur, il tendait une main remplie de cailloux pour permettre à l'enfant de poursuivre son jeu.

Un jeu d'apparence innocente... contrairement à lui.

De son vivant, le petit garçon s'appelait Collin. A présent, il était le Juste des Justes et servait le vampire qui, tel un roi, se prélassait dans un trône sculpté : le Maître, seigneur de toutes les créatures des ténèbres sur la Bouche de l'Enfer. De son vivant, le Maître était ce qu'il avait continué à être dans la mort : un monstre.

Et en réalité, le jeu n'avait rien d'innocent.

De retour de sa chasse nocturne, Darla entra dans l'église. Comme pour Collin, rien ne trahissait sa véritable nature : elle avait un joli visage encadré de cheveux blonds, et portait l'uniforme d'un lycée de filles privé. Elle était la favorite du Maître, et elle le savait.

D'un pas bondissant, elle se dirigea vers lui. Tout son être froid, sans cœur et sans âme, rêvait de la nuit où le Maître se libérerait de ce donjon et régnerait sur un monde rempli de vampires, de démons et d'autres monstres.

Avec un peu de chance, quelqu'un d'autre serait là pour partager son triomphe. Quelqu'un avec qui elle avait terrorisé l'Europe. Quelqu'un qui avait arraché la gorge de toutes les victimes qu'elle immobilisait pour lui.

Son nom était toujours au bord des lèvres de Darla.

Lui tournant le dos, le Maître déclara :

— Zachary n'est pas revenu de sa chasse la nuit dernière.

Darla se figea.

— La Tueuse, siffla-t-elle.

— Zachary était fort et prudent, continua le Maître d'une voix tendue, mais calme. Pourtant, elle l'a eu comme elle a déjà eu de nombreux membres de ma famille.

Il leva le menton.

— Si ça continue comme ça, il ne me restera plus aucun enfant...

Il se tourna vers le Juste des Justes.

— Collin, que suggères-tu ?

— De l'annihiler, répondit le petit garçon d'un air détaché.

Le Maître frissonna de plaisir.

— La vérité sort de la bouche des enfants...

Darla fit un pas en avant.

— Laissez-moi m'en charger, souffla-t-elle, très excitée. Laissez-moi la tuer pour vous.

Le Maître eut une grimace dédaigneuse.

— Tu es *personnellement* intéressée par son sort.

Darla fit la moue.

— On ne me laisse jamais m'amuser ! geignit-elle.

— J'enverrai le Trio, trancha le Maître, un éclat dangereux dans le regard.

— Le Trio, oui, soupira Darla.

Mais malgré elle, un frisson de plaisir anticipé la parcourut. Un frisson de triomphe.

CHAPITRE PREMIER

Dans son poing, il serrait un zippo en argent orné d'un crâne sous lequel s'entrecroisaient deux tibias. La flamme jaillit, et il alluma trois cigarettes : une pour chacun d'eux.

Ses potes et lui étaient pourris jusqu'à la moelle, et ils le savaient. Ils formaient le pire gang du coin. Pour l'heure, postés au coin d'une rue déserte, ils surveillaient leur territoire en espérant un peu d'action.

Soudain, trois silhouettes sombres franchirent l'angle et se dirigèrent vers eux. Leur démarche était menaçante ; elles portaient une sorte d'armure sur laquelle le clair de lune se reflétait.

Les voyous se redressèrent, prêts à déclencher une baston. Alors, les inconnus pénétrèrent dans le cercle de lumière projeté par un lampadaire. Ils marchaient vite, et ignorèrent les voyous comme s'ils ne les avaient pas vus.

Leurs visages étaient hideux. Maléfiques.

Les voyous tinrent bon pendant deux secondes avant de tourner les talons et de s'enfuir.

Imperturbable, le Trio continua à avancer. La rue lui appartenait.

*
* *

Un cafard filait de toute la vitesse de ses petites pattes sur le plancher du *Bronze*. Un pied chaussé d'un mocassin s'immobilisa un instant au-dessus de lui.

— Je l'ai eu ! annonça une jeune fille, triomphante, en se baissant pour ramasser l'insecte mort.

Elle le brandit comme un trophée avant de le jeter dans le gobelet de plastique tendu par un serveur, et déjà à moitié plein de minuscules cadavres.

— Un verre gratuit, s'il vous plaît.

Vêtu d'un T-shirt argenté, le serveur hocha la tête.

Une banderole tendue à l'entrée du club annonçait : « Soirée de pré-désinfection. Un verre gratuit pour chaque cafard attrapé. »

Sur la mezzanine, Willow Rosenberg était assise en face de son amie Buffy. Celle-ci portait un pull noir croché ; des cheveux blonds ondulés encadraient son visage. *Beaucoup plus sexy que mes mèches raides,* songea Willow.

De toute manière, elle ne se faisait pas d'illusions : Buffy était plus séduisante qu'elle. Ses cheveux pendouillaient et son sweater brun avait dû être à la mode pour la dernière fois au début des années soixante. Dans n'importe quelle boutique branchée, on pouvait compter sur Mme Rosenberg pour dénicher le seul vêtement immonde et l'acheter à sa fille en pensant lui faire une faveur.

— Ah, la soirée de pré-désinfection, soupira Willow.

Buffy, qui avait l'air ailleurs, releva brusquement la tête.

— Hum ?

— C'est une tradition annuelle, expliqua Willow. Le *Bronze* ferme pendant quelques jours, le temps de se remettre aux normes d'hygiène.

— Oh, lâcha Buffy, distraite.

— Mais c'est très marrant, insista son amie. (Elle lui sourit gentiment.) Quel temps fait-il dans ton royaume ?

Embarrassée, Buffy se mordit la lèvre.

— Excuse-moi. Je pensais à des trucs.

Willow fit la grimace.

— Un garçon, donc.

Buffy éclata de rire.

— Pas exactement. Pour que je pense à un garçon, il faudrait qu'il existe un garçon auquel je puisse penser... (Elle plissa le nez.) Euh, c'était une phrase, ça ?

— Tu voudrais un petit ami, devina Willow.

Buffy haussa les épaules.

— Comme tout le monde, je crois. La plupart du temps, je n'y pense même pas, mais...

— Et Angel ? coupa Willow.

Buffy fit la moue.

— Angel ? Tu sais quel genre de relation on a : « Salut, bébé. Tu cours un grand danger. On se voit le mois prochain. »

Willow fut désolée. Elle avait bien cru que Buffy faisait la tête à cause de son mystérieux mais très séduisant ami.

Personne ne savait qui il était, d'où il venait, ni pourquoi il apparaissait de temps en temps pour décrire à Buffy la nouvelle menace qui planait sur l'humanité, avant de disparaître en fumée.

Angel savait que Buffy était la Tueuse, mais jamais il ne lui avait donné la moindre information sur lui. Pourtant, il était très beau et très... intense.

— C'est vrai qu'on ne le voit pas souvent, acquiesça Willow d'une voix pleine de sympathie.

Buffy ne put s'empêcher de sourire.

— Mais quand il est là, c'est comme si les lumières pâlissaient alentour. Certains garçons vous font cet effet...

— Je sais, soupira Willow.

Elle tourna la tête vers la piste de danse où Alex Harris se trémoussait, des boucles brunes trempées de sueur collant à son front. On aurait presque dit qu'il faisait une démonstration d'aérobic. Il semblait lancer au reste du monde : « Je sais que je suis ridicule, mais je m'éclate tellement qu'aucun d'entre vous n'osera me le dire ».

Pourtant, Alex n'était pas ridicule : juste sous-évalué et sous-apprécié par ses camarades. *Et encore,* songea Willow, *pas par tous*.

Elle était bien placée pour le savoir.

*
* *

Alex continua à battre des bras comme s'il essayait de s'envoler jusqu'au moment où Annie Vega jeta un coup d'œil dans sa direction.

— Salut, Annie ! s'exclama-t-il joyeusement.

Puis il vit l'homme le gorille qui tenait lieu de petit ami à sa camarade lui lancer un regard furieux.

— Vito ! Justement, j'allais partir...

Courageux mais pas téméraire, il s'éloigna en mimant les mouvements de la brasse, et faillit percuter le requin de terre femelle connu sous le nom de Cordélia Chase.

— Hé, tu pourrais faire attention ! protesta la jeune fille.

Elle portait une robe très décolletée à motif lézard, et ses longs cheveux bruns formaient un rideau autour de son visage. La Cher de Sunnydale.

— Tâche de ne pas écraser mes escarpins à deux cents dollars avec tes affreuses godasses, le morigéna-t-elle.

Tous aux canots de sauvetage ! songea Alex.

— Désolé, je voulais juste..., commença-t-il.

— Filer de là avant que le petit ami d'Annie ne t'écrase comme un cafard ? acheva Cordélia.

Alex grimaça.

— Oh, tu as remarqué ?

— Evidemment.

— Merci de te montrer aussi compréhensive.

La jeune fille lui jeta un regard hautain.

— Et peu importe ce que racontent les autres, reprit Alex sur un ton amical : cette robe ne te donne pas du tout l'air d'une prostituée.

« Si tu ne peux pas entrer dans le club des branchés, atomise-les... ou meurs en essayant. » Telle était la devise du jeune homme.

Il se hâta de s'éloigner avant que Cordélia ne trouve une réplique mordante, et se dirigea vers la table où étaient assises ses deux meilleures amies.

Buffy et Willow avaient l'air de s'amuser autant qu'il est humainement possible quand on est mort.

— Cette Cordélia est vraiment une sale peste, maugréa Alex. (Puis, devant le manque de réaction de ses amies :) Qu'est-ce que vous faites, mes belles ?

— On se lamente sur la pauvreté spirituelle de nos existences, répondit Willow avec un geste blasé. Regarde, un cafard !

La pauvre bête n'avait pas l'ombre d'une chance.

Alex était sur le point de féliciter Willow pour sa technique, mais il ravala ses paroles, car il n'aperçut pas la plus petite lueur de triomphe dans les yeux de la jeune fille. Buffy avait l'air encore plus sinistre.

— Arrêtez de rire si fort, vous allez me rendre sourd, protesta-t-il, moqueur.

Buffy se leva.

— Voilà que ma mauvaise humeur commence à déteindre sur les autres. Je ferais mieux de rentrer.

— Non, ne t'en va pas, supplia Willow.

— Oui, il est encore tôt, renchérit Alex. On pourrait danser...

Il se déhancha d'une manière qu'il croyait suggestive.

— Non, merci, dit Buffy avec un petit sourire triste. (Elle s'éloigna de la table.) Bonne nuit.

Lorsqu'elle fut partie, Willow montra à Alex le cadavre du cafard aux entrailles artistiquement répandues sur la semelle de sa chaussure.

— Un verre gratuit, ça te branche ?

*
* *

Entouré de gens et de bruit, Angel regarda Buffy se diriger vers la sortie du *Bronze*. Debout dans l'ombre, seul, l'inquiétude et le désespoir se mêlant dans son regard.

Comme si elle l'avait senti, Buffy leva les yeux vers lui.

Mais il n'était déjà plus là.

*
* *

Buffy rentrait chez elle par les rues désertes. Au loin résonnaient la sirène d'une ambulance et les klaxons de plusieurs voitures.

Pourtant, par-dessus les bruits de la circulation, la jeune fille crut entendre quelque chose. Elle ralentit et jeta un coup d'œil derrière elle. Il n'y avait rien... comme la plupart du temps quand un démon la poursuivait.

Elle reprit sa route.

Ainsi qu'elle s'y attendait, Buffy entendit un autre bruit. Elle fit encore deux pas et s'immobilisa. Cette fois, elle ne se retourna pas pour dire, sur un ton à la fois résigné et déterminé :

— Il est tard. Je suis fatigué, et je n'ai pas de temps à perdre avec vos stupides petits jeux. Montrez-vous.

Quelque chose se laissa tomber à terre derrière la jeune fille, et poussa un grognement sauvage tandis qu'elle saisissait le pieu caché sous sa veste. Elle pivota et leva son arme, prête à frapper, mais une main griffue lui attrapa le poignet et tordit jusqu'à ce qu'elle lâcha le pieu, qui alla rouler sur le sol.

Les vampires étaient trois, plus forts que la moyenne des buveurs de sang et vêtus d'étranges armures.

— D'accord, d'accord, soupira Buffy. Vous êtes trop nombreux pour moi. Je capitule. Je n'ai pas envie de me battre contre vous...

Sans crier gare, elle décocha un coup de pied entre les jambes du premier vampire, qui arborait une queue-de-cheval et des crocs de loup.

— ... A moins que vous ne m'y obligiez.

Pendant que le premier vampire se pliait en deux, un de ses camarades, dont l'œil gauche était barré par une cicatrice, frappa Buffy dans le dos et la poussa contre un grillage.

Puis il découvrit les crocs et pencha la tête pour les plonger dans son cou. Une odeur de mort émanait de lui.

La mort de Buffy.

Une voix familière résonna au moment où quelqu'un tirait le borgne en arrière.

Angel.

— Les bons chiens ne mordent pas, dit-il sur le ton de la réprimande.

Buffy prit appui sur le grillage pour ramener ses genoux contre sa poitrine et détendre ses jambes vers la tête du troisième vampire.

Celui-ci s'effondra pendant que son camarade à la queue-de-cheval se jetait sur Buffy pour la ceinturer.

Angel bougeait comme une panthère : rapide, sauvage et meurtrier. Il esquiva une attaque du borgne et se dirigea vers le vampire tombé à terre ; le borgne arracha une pointe à la grille de fer forgé et plongeait vers lui.

— Attention ! cria Buffy en voyant le métal déchirer la chemise d'Angel.

Elle repoussa le vampire à la queue-de-cheval et lui abattit ses deux poings sur la figure. Puis elle se précipita vers Angel, s'arrêtant au passage pour flanquer un coup de pied dans la tête du borgne.

Aidant le jeune homme à se relever, elle lui ordonna :

— Cours !

Ils s'enfuirent ensemble le long des bâtiments éteints et des parkings vides, en direction des quartiers résidentiels. Angel ne marquait pas la moindre hésitation, comme s'il savait déjà où Buffy l'emmenait.

La jeune fille lui jeta un coup d'œil : il se tenait le flanc. Inquiète, elle fronça les sourcils mais n'osa pas ralentir, car les vampires se rapprochaient. Elle bondit sur le porche et ouvrit la porte à la volée.

— Entre ! Dépêche-toi !

Au moment où elle allait refermer le battant, le borgne tendit une main vers elle. Buffy lui écrasa le bras contre le chambranle, puis, alors qu'il le retirait, elle claqua la porte et la verrouilla, haletante, en scrutant leurs ennemis à travers les carreaux.

— Ne t'inquiète pas : un vampire ne peut entrer chez les gens que s'il y a été invité, déclara Angel.

— C'est ce que j'ai entendu dire, mais je ne l'ai pas encore vérifié.

Les trois créatures faisaient les cent pas sur le porche en poussant des grognements. Buffy ignorait combien de temps ils resteraient là, mais apparemment, Angel avait raison : ils ne faisaient pas mine de casser une vitre pour entrer. C'était toujours ça de pris.

Puis la jeune fille réalisa qu'Angel se trouvait chez elle, blessé mais vivant, et qu'il la scrutait de son regard pénétrant.

— Je vais aller chercher des bandages, proposa Buffy. Enlève ta veste et ta chemise.

Il la suivit dans la cuisine en se déshabillant.

La jeune fille se dressa sur la pointe des pieds pour ouvrir l'armoire à pharmacie. Quand elle pivota et vit Angel qui lui tournait le dos, nu jusqu'à la taille, son cœur cogna très fort dans sa poitrine.

Elle se figea, hypnotisée par le dessin gracieux des muscles de ses bras, la peau veloutée de sa nuque. Une créature volante tatouée ornait son épaule droite.

— Joli, commenta Buffy en s'arrachant à sa contemplation.

Puis elle se mit en devoir de panser sa plaie.

La peau d'Angel était froide. Pas étonnant : il était à moitié dévêtu et il faisait glacial dehors. Sa blessure semblait profonde, et la jeune fille s'étonna qu'il n'ait pas l'air de souffrir.

Ils se tenaient très près l'un de l'autre ; Buffy avait conscience que les lèvres d'Angel étaient à quelques centimètres des siennes. Elle déglutit.

— J'ai eu de la chance que tu sois dans le coin, dit-elle pour masquer son trouble.

Reprenant ses esprits, elle inclina la tête et lui jeta un regard curieux.

— D'ailleurs... Comment se fait-il que tu te sois trouvé dans le coin ?

— J'habite tout près du *Bronze*, répondit Angel d'une voix grave et douce en même temps. J'étais sorti faire un tour.

— Alors, tu ne me suivais pas ? insista Buffy. Pourtant, j'aurais cru...

Le jeune homme eut un léger sourire.

— Pourquoi ferais-je une chose pareille ?

Buffy baissa les yeux vers le paquet de compresses stériles qu'elle était en train de déchirer.

— Ça, c'est à toi de me le dire. Tu as le chic pour surgir toujours au bon moment. Ça ne peut pas être une coïncidence... (Elle eut un petit rire.) Non que je m'en plaigne, mais si tu t'intéresses à moi, j'aimerais savoir pourquoi.

Elle finit de le bander et se redressa.

— Peut-être que tu me plais, souffla Angel.

Buffy leva les yeux vers lui, savourant l'odeur de sa sueur mêlée à celle du savon ou de l'encens.

— Peut-être ? répéta-t-elle sur un ton à la fois taquin et plein d'espoir.

Pour toute réponse, Angel plongea son regard dans celui de la jeune fille.

Buffy prit une inspiration. Elle sentait que quelque chose était sur le point de se produire.

A ce moment, la porte d'entrée s'ouvrit.

Zut !

La jeune fille se précipita dans le couloir. Sa mère se tenait encore sur le seuil, en train de ranger ses clés dans son sac et d'examiner le courrier. Buffy la tira à l'intérieur et balaya le jardin d'un regard inquiet.

— Qu'est-ce qui t'arrive ? s'étonna Joyce Summers.

Sa fille referma très vite la porte.

— Rien du tout, mentit-elle. C'est juste qu'un tas de gens bizarres traînent dans les rues, et que je préfère te savoir en sécurité.

Puis elle songea au très séduisant jeune homme à moitié nu qui se trouvait encore dans leur cuisine.

— Tu dois être vannée, dit-elle, pleine de sollicitude.

De fait, sa mère semblait fatiguée.

— Oh que oui, acquiesça-t-elle. Pour une aussi petite galerie, c'est incroyable le nombre de...

Impatiente de lui faire débarrasser le plancher, Buffy coupa :

— Pourquoi ne montes-tu pas prendre une douche ? Je vais te préparer une tasse de thé.

Joyce eut l'air surprise.

— C'est très gentil de ta part. Tu as quelque chose à te faire pardonner ?

Buffy mit un moment à comprendre la question. Elle ouvrit de grands yeux innocents.

— N'est-il pas naturel qu'une fille se préoccupe de la santé de sa mère ?

Le regard de Joyce passa par-dessus sa tête.

— Bonsoir...

Derrière Buffy, Angel répondit :

— Bonsoir.

Oh oh.

La jeune fille se retourna lentement. Par chance, Angel avait eu le temps de se rhabiller.

— Euh... Angel, je te présente ma mère, balbutia Buffy. Maman, Angel. Nous nous sommes rencontrés sur le chemin du retour.

Si elle gobe ça, j'ai quelques faux bulletins de notes à lui faire signer...

— Enchanté de faire votre connaissance, déclara gravement le jeune homme.

— Qu'est-ce que vous faites dans la vie ? s'enquit Joyce.

Angel hésita. Que pouvait-il bien raconter à la mère de Buffy ? Il était visiblement beaucoup plus âgé que sa fille, et encore, ce n'était que le sommet de l'iceberg... Joyce Summers avait toutes les raisons de s'inquiéter, même si elle ne s'en rendait pas totalement compte.

La jeune fille fut plus rapide.

— Il est étudiant, débita-t-elle très vite. En première année de fac. Il me donne un coup de main pour mes devoirs d'histoire. (Elle éclata d'un rire qui sonnait faux.) Tu sais que ça n'est pas ma matière fétiche...

Joyce fit la moue. Impossible de savoir jusqu'à qu'elle point elle croyait les mensonges de sa fille.

— Il est un peu tard pour travailler, fit-elle remarquer. Je monte me coucher. Buffy...

— Je lui dis bonne nuit et j'arrive, promit la jeune fille.

Sa mère jeta un dernier regard à Angel.

— J'ai été ravie de vous rencontrer.

Puis elle se dirigea vers l'escalier.

*
* *

Buffy ouvrit la porte d'entrée et dit tout haut :

— Bonne nuit. On se verra une autre fois pour mes révisions.

Elle referma le battant et fit signe à Angel de monter avec elle. Il la suivit en silence, savourant sa proximité et conscient qu'ils se dirigeaient vers sa chambre.

Pendant que la jeune fille surveillait la porte de sa mère, il se glissa à l'intérieur.

— Je ne veux pas t'attirer d'ennuis, dit-il à voix basse quand elle l'eut rejoint.

— Et je ne veux pas que tu meures, répliqua Buffy. Ces monstres pourraient très bien être encore dehors.

Elle regarda autour d'elle, comme si elle découvrait sa chambre pour la première fois.

— Ah... Nous sommes deux, et il n'y a qu'un lit... (Elle hésita.) Prends-le. Comme tu es blessé, je te le laisse.

Angel fut touché par sa sollicitude. Il repensa à la douceur de ses mains pendant qu'elle le bandait et dit fermement :

— Pas question. Je peux très bien dormir par terre. (Puis, alors qu'elle ouvrait la bouche pour protester :) Crois-moi, j'ai connu plus inconfortable.

— D'accord. (Buffy désigna la fenêtre.) Dans ce cas, va voir si les vampires sont toujours là et, euh, garde le dos tourné pendant que je me déshabille.

Angel sourit et se dirigea vers la fenêtre. Il sonda les ténèbres tandis que derrière lui s'élevait un bruissement soyeux.

Dehors, rien ne bougeait. Tout était serein.

— Je ne les vois pas, rapporta-t-il.

Mais dans la chambre de Buffy, rien n'était serein. Une tension presque électrique planait dans l'air. Angel était nerveux... et la jeune fille aussi, il le sentait.

— Tu sais que je suis l'Elue, dit Buffy pendant que son compagnon, qui ignorait si elle avait fini de se changer, gardait le dos tourné. C'est mon boulot de combattre ces monstres. Et toi, quelle est ton excuse ?

— Il faut bien que quelqu'un le fasse, murmura Angel.

— Et que pensent tes parents de ton choix de carrière ? interrogea Buffy.

Jusqu'où pouvait-il aller ? Que pouvait-il lui confier exactement ?

— Ils sont morts, répondit simplement Angel.

Buffy se figea et pivota vers lui.

Le clair de lune, à travers les stores, projetait des ombres verticales sur le visage d'Angel. Son profil se découpait nettement, et la jeune fille caressa sa silhouette du regard.

— Ont-ils été tués par des vampires ? demanda-t-elle doucement.

Angel se tourna vers elle, une douleur insondable au fond de ses yeux.

— Oui.

— Je suis désolée, souffla Buffy.

— Pas autant que moi. C'était... il y a longtemps, dit Angel d'une voix pleine de chagrin contenu et de rage étouffée.

— Si je comprends bien, tu essayes de te venger ? insista Buffy.

Silence. Puis le jeune homme la détailla de la tête aux pieds.

— Tu te fais jolie même pour aller te coucher, remarqua-t-il, désireux de détourner la conversation.

Buffy rougit, et souhaita avoir enfilé quelque chose de plus affriolant qu'un T-shirt et un bas de pyjama.

— Au réveil, c'est une autre histoire, plaisanta-t-elle. Tiens.

Elle lui tendit un oreiller et une couverture.

— Dors bien.

*
* *

Ils étaient allongés sous la lueur argentée de la lune, elle sur son lit, lui par terre. Tous deux réveillés, tous deux fixant le plafond, chacun péniblement conscient de la présence de l'autre. Ils avaient affronté la mort ensemble, mais ce n'était rien comparé à la perspective de se retrouver en tête à tête toute une nuit.

— Angel ? chuchota Buffy.

— Oui ?

— Est-ce que tu ronfles ?

Il eut un léger sourire.

— Je ne sais pas. Ça fait longtemps que personne n'a été en mesure de me le dire.

Buffy s'en réjouit. C'était le genre de nouvelle qui allait lui faire faire de beaux rêves.

Bientôt, elle s'endormit, l'air béat.

Angel demeura éveillé toute la nuit, à écouter les battements de son cœur.

CHAPITRE II

Le lendemain, dans ce qui tenait lieu de quartier général à la Ligue pour l'Extinction des Vampires – autrement dit, la bibliothèque du lycée –, Buffy raconta à Alex, à Willow et à Giles ce qui s'était passé la veille.

— Il a dormi chez toi ? Dans ta chambre ? Dans ton lit ? s'étrangla Alex.

Buffy rougit.

— Dans ma chambre, oui. Dans mon lit, non.

— C'est si romantique, soupira Willow. (Elle n'était pas choquée, juste vaguement envieuse.) Est-ce que vous avez, euh... Est-ce qu'il a essayé de... ? Tu sais.

— Pas du tout. Il s'est comporté en parfait gentleman, répondit fièrement Buffy.

Alex fronça les sourcils.

— Ne me dis pas que tu t'es laissée embobiner à ce point. Tu ne vois pas que c'est une tactique éprouvée pour mieux te faire tomber dans ses bras ?

— Quoi donc : me sauver la vie ? Se faire blesser par des vampires en volant à mon secours ? répliqua Buffy.

— Pfft ! Certains mecs feraient n'importe quoi pour impressionner une fille. (Alex gonfla la poitrine.) Une fois, j'ai bu quatre litres de Gatorade cul sec.

Willow hocha la tête.

— C'était très impressionnant, acquiesça-t-elle, solidaire. Enfin, jusqu'au moment où tu as verdi et filé aux toilettes...

Giles s'approcha d'eux, un énorme volume relié de cuir à la main.

— Pouvons-nous remettre à plus tard cette passionnante discussion sur la vie privée de Buffy, et nous concentrer sur les événements d'hier soir ? En sortant du *Bronze*, tu es tombée sur trois vampires inhabituellement costauds...

Il posa le livre ouvert et désigna une gravure représentant trois sinistres individus.

— Ressemblaient-ils à ça ?

Buffy hocha la tête.

— Trait pour trait. C'est quoi, ces uniformes ?

Giles eut l'air inquiet et satisfait en même temps, comme chaque fois qu'il avait raison au sujet d'un monstre qui entendait se nourrir du cœur de la jeune fille, ou provoquer la fin du monde, du moins tel qu'ils le connaissaient et l'aimaient tous.

— Il semble que tu aies rencontré le Trios... Des vampires guerriers aussi fiers que robustes.

Impressionnée, Willow cligna des yeux.

— Comment se fait-il que vous soyez toujours au courant de tout ? Moi, je tombe toujours des nues.

Tout en sirotant une tasse de café, Giles désigna une pile de livres poussiéreux.

— C'est parce que tu n'as pas passé toute la nuit à faire des recherches.

Le coup de fil de Buffy l'avait cueilli juste au moment où il s'apprêtait à rentrer chez lui.

Willow acquiesça d'un air penaud.

— C'est vrai. Moi, je dormais.

Giles se tourna vers Buffy.

— Visiblement, le Maître t'en veut. Il n'enverrait pas le Trio à n'importe qui. (Il réfléchit quelques instants en nettoyant ses lunettes.) Nous devons intensifier notre entraînement.

— Tu ferais mieux de venir dormir chez moi jusqu'à ce que ces types soient liquidés, ajouta Alex.

Buffy n'en crut pas ses oreilles.

— Qu'est-ce que tu viens de dire ?

— Ne t'inquiète pas pour Angel : Willow peut courir chez toi pour lui dire de quitter la ville en vitesse.

Giles secoua la tête.

— Ni Angel ni Buffy ne courent un danger immédiat. (Il remit ses lunettes.) Le Maître finira par envoyer quelqu'un d'autre, mais pour le moment, comme ils ont échoué, les trois vampires vont lui offrir leur vie en gage de pardon.

Buffy soupira. *Trois de moins, mais combien de billions en reste-t-il ?*

*
* *

Dans les entrailles de la Terre, les membres du Trio s'agenouillèrent devant le Maître. Ils étaient toujours entourés par leur aura de menace et de destruction.

Pourtant, ils avaient peur.

Très excitée, Darla les regarda baisser la tête d'un air contrit. Leur chef, dont un œil était recouvert de tissu cicatriciel, tendit au Maître un long pieu pointu. Comme s'il n'avait pas l'intention de s'en servir, le Maître le fit passer à Darla.

— Nous avons échoué, et nos vies vous appartiennent, dit le borgne.

Le Maître se dirigea vers Collin et lui murmura d'une voix doucereuse :

— Regarde bien, petit... Tu es le Juste des Justes, mais il te reste beaucoup à apprendre. Le pouvoir s'accompagne de responsabilités. C'est vrai qu'ils ont échoué, mais nous, les enfants de la nuit, nous partageons un lien. Prendre une vie – je ne parle pas de celle des humains, bien sûr – est un geste grave.

Le chef du Trio releva légèrement la tête, et Darla comprit que contre toute attente, il espérait s'en sortir vivant.

— Alors, vous allez les épargner ? demanda Collin d'une petite voix pointue.

Le Maître échangea un regard avec Darla. Ils se connaissaient depuis si longtemps qu'elle comprit aussitôt ce qu'il attendait d'elle. Les yeux brillants, elle étreignit le pieu et prit place derrière le borgne.

— Je suis fatigué, soupira le Maître, et leur mort m'apporterait peu de joie.

Il éloigna Collin.

C'était le signal qu'attendait Darla. De toute ses forces, elle plongea son pieu dans le dos du vampire. Celui-ci poussa un cri, puis explosa dans un nuage de poussière.

Ses deux compagnons ne tardèrent pas à subir le même sort.

— Bien sûr, reprit le Maître, un peu, c'est toujours mieux que rien.

*
**

La porte de la bibliothèque était à moitié cachée par une pancarte sur laquelle on lisait : « Fermé pour cause de classement. Merci de revenir demain. »

Il sembla à Buffy que cette précaution n'était pas plus nécessaire que les autres : coup d'œil dans le couloir pour s'assurer que personne n'avait rien vu, verrouillage de la porte, etc.

Les lycéens de Sunnydale n'étaient pas plus férus de livres que ceux d'ailleurs. Fans des rendez-vous galants, ils se doutaient bien qu'ils n'allaient pas en décrocher entre des rangées de volumes poussiéreux.

La jeune fille secoua la tête et se dirigea vers un placard rempli d'armes. Certaines adolescentes passaient leur après-midi à essayer et choisir des robes. La Tueuse occupait les siens à essayer et choisir des machettes.

— Génial, une arbalète ! s'exclama-t-elle en effleurant la crosse.

Puis elle vit les flèches... *ou plus exactement, les carreaux,* corrigea-t-elle. *Ce que je peux être calée !*

— Regardez-moi ça, ronronna-t-elle en chargeant l'arme. Adieu, pieux obsolètes ; bonjour, projectiles meurtriers. (Elle jeta autour d'elle un regard gourmand.) Sur quoi pourrais-je bien tirer ?

L'air perturbé – ce qui lui arrivait très souvent en présence de la Tueuse –, Giles, vêtu d'une combinaison rembourrée, lui prit l'arbalète des mains et déclara fermement :

— Rien du tout. L'arbalète, ce sera pour plus tard. D'abord, tu dois t'entraîner au maniement du bâton, dont la maîtrise requiert d'innombrables heures de pratique. Et je sais de quoi je parle.

Buffy regarda la perche qu'il lui tendait et grimaça.

— Hou hou, Giles, on est au vingtième siècle, et je ne suis pas Frère Tuck !

Mais l'humour était bien le dernier souci de son Gardien. Avec son sérieux typiquement britannique, il répondit :

— On ne sait jamais qui tu peux être amenée à combattre. (Il mit un casque.) Et ces traditions se transmettent d'une génération de Tueuses à l'autre. Mais je saurai me montrer beau joueur : dès que tu maîtriseras suffisamment le bâton, nous pourrons passer à l'arbalète.

Il empoigna l'arme et la tint à l'horizontale devant lui.

— Mets ta combinaison.

— Pour me battre contre toi ? Je n'en ai pas besoin, protesta Buffy.

Vexé, Giles leva le menton.

— Comme tu voudras. (Il la salua en levant une extrémité de son bâton.) En garde.

La première attaque de Buffy fut un peu hésitante, et il la para aisément. Puis, tandis que les perches de bois s'entrechoquaient, la jeune fille acquit le sens du rythme : attaque, parade, attaque, parade, attaque, attaque, attaque...

Elle le frappa à la tête, dans les jambes, à l'estomac et entendit presque ses os craquer. Giles ne lui avait pas appris à retenir ses coups : en tant que Gardien, il devait lui proposer une situation de combat réaliste en tous points.

Mais quand il se retrouva à plat ventre sur le sol, le souffle coupé par sa chute, le bibliothécaire leva la tête et souffla :

— Parfait. Passons à l'arbalète.

*
* *

Parfait. Passons à Angel, songea Buffy en montant l'escalier.

Elle tenait un sac en plastique contenant les restes du dîner et son cœur battait la chamade. Pendant qu'elle vaquait à ses occupations quotidiennes, Angel l'avait attendue chez elle toute la journée.

Enfin, elle espérait qu'il y serait toujours : entre son entraînement avec Giles, le retour à pied et ses corvées de cuisine, la jeune fille n'avait pas eu le temps de monter à l'étage pour s'en assurer.

Elle prit une inspiration, ouvrit la porte de sa chambre, se glissa à l'intérieur et referma derrière elle.

— Angel ?

— Salut, dit-il en sortant de l'ombre comme s'il s'y était fondu.

Buffy agita le sac en plastique sous son nez.

— Je t'ai apporté à manger. Tu dois être affamé.

Le jeune homme lui jeta un regard intrigué.

— Je sais, ça manque d'assiette, s'excusa Buffy. Alors, qu'as-tu fait toute la journée ?

— J'ai lu un peu, répondit Angel, l'air grave. (Il désigna sa commode.) Et j'ai beaucoup réfléchi. Buffy, je...

Il s'interrompit.

Les yeux exorbités, la jeune fille vit son journal intime posé sur le dessus de la commode.

— Tu as lu... mon journal ? couina-t-elle, horrifiée.

Elle se dirigea vers la commode, prit le petit volume et le glissa dans le tiroir du haut, qu'elle referma sèchement.

— Ça ne se fait pas, protesta-t-elle. Un journal intime, comme son nom l'indique, c'est une chose privée ! Et tu ne sais même pas de quoi je parlais. « Canon », ça veut dire qu'un mec est lourd, et quand j'ai dit que ton regard était pénétrant, je voulais écrire : globuleux.

— Buffy, je..., commença Angel.

— Et A, c'est pour Achmed, le charmant étudiant étranger qui est arrivé à Sunnydale le mois dernier, insista Buffy. Quant à mes fantasmes, tu dois savoir que...

— Ta mère a déplacé ton journal quand elle est montée faire le ménage, coupa Angel. Je l'ai regardée caché dans le placard. Je n'ai pas lu ton journal, je te le jure.

Oh. Sauvée, songea Buffy.

Puis elle réalisa qu'elle venait par inadvertance de révéler tous les passages juteux à Angel. Résultat, c'était pire que s'il les avait lus lui-même.

Où donc étaient ces fameuses trappes quand on avait vraiment besoin que le sol vous engloutisse ?

Pourtant, Angel ne sembla pas remarquer l'humiliation de la jeune fille. Il était trop préoccupé par quelque chose de plus important.

— J'ai beaucoup réfléchi aujourd'hui, répéta-t-il. Il ne faut plus que je te fréquente.

Ce fut comme si un pieu venait de s'enfoncer dans le cœur de Buffy, mais elle tenta de hausser les épaules d'un air nonchalant.

— Ah bon.

— Parce que quand je suis près de toi...

— De l'eau... par-dessus le pont...

Non, ce n'était pas ça.

— ... Je ne pense qu'à une seule chose : combien j'ai envie de t'embrasser, acheva Angel

Bien déterminée à ne pas lui montrer l'effet qu'il lui faisait, Buffy corrigea :

— Non, sous le pont et par-dessus la digue. (Elle sursauta, réalisant ce qu'il venait de dire.) De m'embrasser ? répéta-t-elle, incrédule.

Angel arborait toujours le même air sérieux. Visiblement, son petit discours lui coûtait.

— Je suis plus vieux que toi, et nous ne pourrons jamais... (Ses épaules s'affaissèrent.) Je ferais mieux de partir.

— Plus vieux de combien ? demanda doucement Buffy.

A nouveau, Angel hésita. Il plongea son regard dans celui de la jeune fille, qui sentit une vague de chaleur la submerger. Son visage était en feu, mais ses mains lui semblaient glacées.

— Je ferais mieux de...

— Partir, tu l'as déjà dit.

Elle se dirigea vers lui, sachant qu'il n'en ferait rien.

Le cœur battant à tout rompre, Buffy leva son visage vers Angel. Il lui souleva doucement le menton, et leurs lèvres se rencontrèrent.

C'était le plus doux des baisers, à la fois tendre et hésitant.

Angel, Angel, chantait le cœur de Buffy.

Tout le reste avait disparu.

Elle se moquait bien d'être la Tueuse ou de n'avoir que seize ans ; tout ce qui comptait, c'était Angel... les bras d'Angel, la bouche d'Angel.

Alors que leur baiser se faisait plus passionné, ils se tendirent. Buffy se laissa aller dans l'étreinte du jeune homme avec un bel abandon, tout en lui dévorant les lèvres. Il la serra plus fort contre lui... puis fit mine de la repousser.

Reculant, Angel tint Buffy à bout de bras et détourna la tête.

— Qu'y a-t-il ? s'enquit la jeune fille, un peu essoufflée. Angel, qu'est-ce qui ne va pas ?

Soudain, il la regarda en face. Ses yeux sombres étaient fous et dénués d'intelligence, comme ceux d'un animal ; ses lèvres retroussées révélaient...

... Des crocs.

Buffy poussa un hurlement de terreur.

Angel grogna et plongea par la fenêtre ouverte. Il roula sur le toit du garage, toucha terre et s'élança dans la nuit tandis que Buffy continuait à crier.

Non. Non. Non !

La porte de sa chambre s'ouvrit à la volée.

— Que se passe-t-il ? demanda Joyce Summers, affolée, en se précipitant vers sa fille.

Buffy lutta pour reprendre son souffle.

Comment expliquer sa réaction ? Par où commencer ?

Elle devait résoudre ce problème seule.
Mais elle était si choquée ; elle souffrait tant...
— Rien du tout, balbutia-t-elle. J'ai juste vu une ombre.

CHAPITRE III

— Angel est un vampire ? s'écria Willow, stupéfaite.

Buffy était toujours sous le choc de cette révélation. Même la lumière du jour ne parvenait pas à le dissiper tandis qu'elle partageait le terrible secret d'Angel avec le reste de sa bande.

— Je n'arrive pas à y croire, murmura-t-elle, sentant la nausée la gagner. La minute d'avant, nous étions en train de nous embrasser, et soudain... (Elle se tourna vers Giles.) Un vampire peut-il être quelqu'un de bien ?

Le bibliothécaire était le tact incarné, mais jamais il n'avait menti à la jeune fille. Pour autant qu'elle le savait.

S'il n'existe qu'un cas au monde et que je suis tombée dessus, je pourrais vivre avec, songea-t-elle.

Giles confirma ses craintes.

— Techniquement, un vampire n'est même pas « quelqu'un ». Il possède les souvenirs et même la personnalité du corps qu'il habite, mais au fond, il reste un démon. Il n'y a pas de demi-mesure.

Willow se tourna vers Buffy.

— Je suppose que ça veut dire non...

La jeune fille secoua la tête.

— Dans ce cas, comment expliquez-vous son comportement ? Pourquoi a-t-il été gentil avec moi ?

Parce que ça faisait partie des plans du Maître ? Ça n'a pas de sens.

Et puis, ce serait trop horrible...

Découragée, Buffy se laissa tomber sur un banc. Alex, qui avait gardé le silence jusque là, s'assit près d'elle en serrant son skate-board contre lui.

— Tu as un problème sur les bras... et pas un petit, résuma-t-il. Calmons-nous et tâchons de le considérer de manière objective.

Buffy hocha la tête et attendit que son ami trouve une solution. Celle-ci ne se fit pas attendre.

— Angel est un vampire, tu es la Tueuse. Je crois que ton devoir est clair...

Non, songea la jeune fille, désespérée. Elle leva la tête vers Giles, qui soupira.

— Alex a raison.

— Je sais que tu éprouves des sentiments pour ce type, reprit le jeune homme, mais ce n'est pas comme si tu étais amoureuse de lui, pas vrai ?

Buffy eut beau garder le silence, il lut la réponse sur son visage.

— Tu es amoureuse d'un vampire ? s'exclama-t-il, outré. Tu as perdu la tête ou quoi ?

— Quoi ?

Debout derrière Alex, Cordélia Chase en resta bouche bée. Le jeune homme se mordit la lèvre.

— Enfin, enchaîna-t-il sévèrement, tu devrais arrêter de lire toutes ces fictions gothiques. Lestat n'existe pas, ma vieille !

Les narines de Cordélia frémirent comme celles d'un taureau sur le point de charger... mais plus délicatement.

— Où as-tu acheté ça ? demanda-t-elle.

Buffy et les autres la virent fondre sur une fille qui traversait le campus vêtue de la même robe qu'elle, une petite chose noire ornée d'un motif pop coloré.

— C'est une Todd Oldham. Tu sais combien elle coûte ? cria Cordélia.

La fille tenta de s'enfuir, mais elle l'attrapa par le cou pour lire l'étiquette du vêtement.

— Je parie que c'est une imitation...

La fille se débattit encore, mais Cordélia, reine de la brigade de la mode, n'allait pas la laisser s'en tirer à si bon compte.

— Une vulgaire copie ! cracha-t-elle. Voilà ce qui arrive quand on signe des accords de libre échange !

La foule engloutit les deux lycéennes.

— Et moi qui croyais avoir des problèmes, lâcha Buffy.

*
* *

Angel longeait le couloir qui conduisait à son appartement. La porte était ouverte.

Alors qu'il tendait une main vers l'interrupteur, il sentit une présence et se figea.

— Qui est là ? demanda-t-il, nullement effrayé, mais sur ses gardes.

— Une amie.

Il se retourna. C'était Darla qui émergeait des ombres, un sourire aux lèvres, ravie de le mettre si mal à l'aise.

— Salut, dit-elle. Ça fait un bout de temps...

— Une éternité, acquiesça Angel sans se départir de son calme.

— Ou deux. Mais quand on aime, on ne compte pas, répliqua Darla.

Angel la détailla.

— Tu as adopté l'uniforme des lycéennes catholiques ? La dernière fois que je t'ai vue, tu étais dans ta période kimono...

— Et la dernière fois que je t'ai vu, tu ne t'intéressais pas aux lycéennes.

Darla ne pouvait pas comprendre à quel point sa remarque blessait Angel. Il revoyait encore l'expression horrifiée de Buffy quand elle avait découvert son vrai visage. Jamais il ne l'oublierait ; elle était gravée en traits de feu dans son esprit.

— Ça ne te plaît pas ? minauda Darla. Tu te souviens de Budapest, au début du siècle ? Tu étais un si mauvais garçon à l'époque du tremblement de terre...

Elle se dirigea lentement vers lui, comme si elle s'apprêtait à lui bondir dessus.

Le souvenir de ses propres actions maléfiques remplit Angel d'une honte brûlante.

— Toi aussi, tu as fait pas mal de dégâts.

Darla gloussa tout bas et le regarda par en-dessous d'un air coquin.

— Existe-t-il chose plus merveilleuse que les catastrophes naturelles ? Toute cette panique, ces gens qui couraient dans les rues... C'était comme cueillir du raisin directement sur la vigne.

Elle fit le tour de l'appartement d'Angel en examinant ses affaires. Le lit, en particulier, lui arracha une grimace.

— Ben voyons... Tu vis à la surface, comme eux. Toi et ta nouvelle amie nous attaquez, comme eux. Mais devine quoi ? Tu n'es pas l'un d'eux.

Sans crier gare, elle tira sur la ficelle d'un store et l'entrouvrit. Un rayon de soleil atteignit Angel comme un arc de feu.

Tandis que la douleur se répandait dans ses veines, il poussa un cri et s'effondra sur le sol.

— N'est-ce pas ? railla Darla.

Il se releva avec difficulté et serra les dents, bien déterminé à ne pas montrer la moindre faiblesse devant elle.

— Non, mais je ne suis pas non plus l'un d'entre vous.

— Ça, c'est toi qui le dis.

Darla se dirigea vers le frigo et l'ouvrit. A l'intérieur reposaient des poches de sang étiquetées. Du sang froid et mort, qu'on ne pouvait prendre aucun plaisir à consommer. Mais Angel était prêt à payer ce prix pour se distinguer des autres vampires.

— Tu ne te nourris pas exactement de hamburgers, fit remarquer Darla.

Elle se rapprocha de lui.

— Tu sais aussi bien que moi de quoi tu as besoin. Ce que tu désires. Pas de quoi avoir honte : c'est ce que nous sommes, ce qui rend l'éternité plaisante à vivre.

Elle posa une main sur la poitrine d'Angel et le caressa. Sentant qu'il se tendait, elle lui adressa un sourire suggestif.

— Tu ne peux pas supprimer ta véritable nature. Je sens qu'elle se débat sous la surface, et j'espère être dans les parages le jour où elle la crèvera.

— A ta place, je prierais au contraire pour me trouver le plus loin possible, répondit Angel d'une voix chargée de menace.

— Je n'ai pas peur de toi. Mais ta petite amie, si, je parie.

Darla laissa retomber sa main et se dirigea vers la porte.

— A moins que je ne la sous-estime. Parle-lui. Raconte-lui la Malédiction. Peut-être qu'elle comprendra. Et si elle ne te fait toujours pas confiance après ça, tu sais où me trouver.

Elle franchit le seuil et disparut.

Angel resta immobile, le regard fixé sur la porte. Comme il haïssait Darla ! Comme il haïssait plus encore la vérité qu'elle venait de lui révéler !

Et comme il haïssait l'expression horrifiée de Buffy quand il lui avait révélé son vrai visage...

Parfois, les mensonges étaient préférables à la vérité. Par exemple, celui qu'il s'autorisait à croire depuis de nombreuses années : ça avait de l'importance qu'il se repentisse sincèrement pour toutes les horreurs perpétrées au fil des siècles. Ça rachetait ses péchés ; ça le faisait redevenir humain.

Il se demanda si Buffy allait le chasser maintenant. Et si oui, comment il réagirait.

*
* *

Ah, les livres ! Ils allaient sauver cette relation. Willow la romantique n'en était pas persuadée, mais elle l'espérait de tout son cœur.

Dans la bibliothèque, Willow et Buffy étaient assises à la grande table, et Alex se tenait debout à l'extrémité. Tous trois consultaient des ouvrages sur les démons, les vampires et autres créatures des ténèbres, comme souvent depuis que la Tueuse était entrée dans la vie de ses nouveaux amis.

Un silence religieux régnait dans la pièce.

— Je crois que j'ai trouvé quelque chose, annonça Giles en émergeant d'entre les étagères.

Alex fit un bond.

— Vous pourriez prévenir avant de nous faire peur ! protesta-t-il.

Giles portait une pile de vieux bouquins en piteux état. Ignorant Alex, il poursuivit :

— Il n'était pas fait mention d'Angel dans les textes, mais je me suis rappelé que je n'avais pas ouvert les Journaux de Gardien depuis des années.

Willow eut un léger sourire.

— Ça a dû être tellement embarrassant quand tu as cru qu'il avait lu ton journal intime, dit-elle à

Buffy, mais que finalement... (Elle se reprit et se tourna vers Giles.) Je suis tout ouïe.

Le bibliothécaire brandit un des petits volumes.

— En Irlande, il y a deux siècles, sévissait une créature surnommée « Angélus au visage angélique ».

— Tu parles, maugréa Buffy.

Alex toussota. Tous les regards convergèrent vers lui.

— Je n'ai rien dit, protesta-t-il, l'air innocent. Absolument rien.

Consultant le livre, Giles reprit :

— Angel a-t-il un tatouage sur l'épaule droite ?

Buffy hocha la tête.

— Oui... un genre d'oiseau.

Alex écarquilla les yeux et se pencha en avant.

— Maintenant, j'ai quelque chose à dire. Tu l'as vu nu ? s'étrangla-t-il.

Willow tenta de ramener le sujet sur un territoire moins dangereux.

— Ainsi, Angel n'est pas né de la dernière pluie...

Giles secoua la tête.

— Deux cent quarante ans et quelque, ce n'est pas si vieux pour un vampire.

Buffy eut un petit rire sans joie.

— Deux cent quarante ans... Il m'avait prévenue qu'il était plus âgé.

Sans prêter attention au désarroi de la jeune fille, Giles s'assit pour consulter un autre volume.

— Après son départ d'Irlande, Angélus a semé la panique en Europe pendant plusieurs dizaines d'années. Puis, il y quatre-vingt ans, une chose étrange se produisit... Il vint aux Etats-Unis, se coupa des autres vampires et prit l'habitude de vivre seul. Depuis son arrivée ici, on ne lui reproche aucune victime humaine.

Le visage de Willow s'éclaira.

— Alors, c'est un bon vampire. Je veux dire, sur une échelle de un à dix, dix représentant un monstre qui massacre des gens toutes les nuits et un représentant...

La jeune fille rougit. Comprenant qu'elle avait gaffé, elle se tut.

— Je suis navré, ajouta Giles en voyant de la tristesse s'afficher sur les traits de Buffy. Même si on ne lui connaît aucune victime, tous les vampires chassent et tuent les humains.

— Ils sont faits pour ça, comme les poissons sont faits pour nager et les oiseaux pour voler, acquiesça doctement Alex.

— Il aurait pu se nourrir de mon sang, protesta Buffy, mais il ne l'a pas fait.

— Question : comment a-t-il survécu avant d'arriver aux Etats-Unis ? lâcha Alex d'une voix tranchante.

Etait-ce parce qu'il se sentait protecteur vis-à-vis de Buffy, ou parce qu'il était jaloux d'Angel ? se demanda Willow.

— Comme tous les autres membres de son espèce, répondit platement Giles. (Il plongea son regard dans celui de Buffy pour donner plus de poids à ses paroles.) Comme un animal vicieux et violent.

*
* *

Dans l'antre du Maître, Darla fit face à celui-ci et lui dit :

— Ne me prenez pas pour une ingrate. Je vous suis très reconnaissante de m'avoir laissée tuer les membres du Trio.

Le Maître eut un geste insouciant.

— Comment mes enfants pourraient-ils apprendre si je faisais sans cesse le travail à leur place ?

Il sourit à Collin, qui était assis non loin de là.

— Mais à présent, vous devez me laisser m'occuper de la Tueuse, ajouta Darla.

Rien ne l'excitait autant que l'idée de boire jusqu'à la dernière goutte le sang de la petite amie d'Angel.

Haussant les sourcils, le Maître laissa tomber :

— Tu me donnes des ordres, maintenant ?

Darla s'éloigna et jeta par-dessus son épaule :

— Comme vous voudrez. Continuons à ne rien faire et à attendre qu'elle nous détruise un par un...

Sa voix était douce mais moqueuse.

— Aurais-tu un plan, Darla ? s'enquit le Maître.

Elle s'immobilisa et se tourna vers lui, un sourire aux lèvres.

— Explique-toi.

— L'idéal, ce serait qu'Angel la tue et qu'il rejoigne le troupeau.

— Angel, murmura le Maître.

Son regard se fit lointain.

Peut-être revoyait-il la même chose que Darla : Angélus, le Fléau de l'Europe, prédateur déchaîné et incontrôlable.

— Il était la créature la plus vicieuse que j'aie jamais rencontrée, ajouta-t-il sur un ton rêveur. Il me manque.

— A moi aussi, acquiesça Darla.

Ce qui allait sans dire.

— Pourquoi la tuerait-il alors qu'il lui est attaché ? s'enquit le Maître, curieux.

Darla sourit.

— Pour l'empêcher de le tuer la première.

De plaisir, le Maître se mordit la langue. Il se tourna vers Collin.

— Vois comment nous œuvrons tous ensemble pour le bien commun. C'est ça, une famille !

*
* *

Willow jouait son rôle de répétitrice, et Buffy celui de l'étudiante perdue dans ses pensées. Comme d'habitude. Ces derniers temps, la vie de la Tueuse s'articulait autour de deux pôles : la chasse aux vampires et les interros.

— Quand a commencé la Reconstruction ? demanda Willow. (Elle attendit quelques secondes.) Buffy ?

Son amie sursauta.

— Hein ? La Reconstruction... La Reconstruction a commencé après la construction, qui n'était pas de bonne qualité, alors il a fallu tout reprendre à zéro...

— Après la destruction due à la guerre de Sécession, soupira Willow.

— Exact, acquiesça Buffy. La guerre de Sécession. (De nouveau, son esprit s'égara.) Durant laquelle Angel avait déjà... un siècle et des poussières.

— Tu veux parler de garçons ou tu veux que je t'aide à réussir ton contrôle d'histoire ? demanda gentiment Willow.

En l'absence de réponse, elle referma son manuel et se pencha vers Buffy.

— Parfois, dit-elle à voix basse, bien que les deux jeunes filles soient seules dans la bibliothèque, je rêve qu'Alex me prend par les épaules pour m'embrasser.

Ça, c'était un sujet que Buffy maîtrisait.

— Si tu veux sortir avec Alex, tu dois lui révéler tes sentiments.

Un éclair de panique passa dans les yeux de Willow.

— Non, non, pas de révélations. Ça me fait transpirer sous les bras, et les auréoles ne sont pas très sexy...

*
**

Au-dessus des deux jeunes filles, dans la mezzanine, Darla tendait l'oreille.

— Il faut que je te demande quelque chose, déclara l'amie de la Tueuse, cette jeune fille d'aspect si innocent. Quand Angel t'a embrassée... Je veux dire, avant de se transformer en... Comment c'était ?

La Tueuse rosit.

— Incroyable, soupira-t-elle.

Puis elle éclata d'un petit rire, comme toutes les adolescentes amoureuses dans les souvenirs de Darla.

Son amie eut l'air impressionné.

— Ouah ! Et regarde le bon côté des choses : il restera jeune et beau à jamais... Mais ça peut poser un problème que tu deviennes toute ridée au fil des ans... Et je me demande comment vous ferez pour les enfants.

Réalisant qu'elle avait blessé son amie, elle se mordit les lèvres et promit :

— Je ne dirai plus rien.

La Tueuse inclina la tête et eut un sourire triste.

— Ne t'inquiète pas pour moi. J'ai besoin d'entendre ça. Il faut que je me détache de lui pour pouvoir...

— Pour pouvoir... ?

Brandissant son stylo, l'amie de la Tueuse fit mine d'embrocher quelqu'un.

Un frisson d'excitation parcourut Darla. La mise en place de son plan allait être encore plus facile que prévu.

La Tueuse haussa les épaules.

— Comme me l'a rappelé Alex, je suis la Tueuse et lui, un vampire. Pourtant... Il ne m'a jamais fait de mal.

Elle secoua la tête d'un air résolu.

— Bon, il faut que j'arrête d'y penser. (Elle ouvrit son livre de cours.) Laisse-moi encore une demi-heure, et peut-être que quelque chose finira par s'imprimer dans ma caboche. Ensuite, je rentrerai à la maison bousiller un ou deux paquets de Kleenex.

— D'accord. L'ère de la Reconstruction congressiste, entonna son amie, généralement qualifiée de radicale...

Darla s'éloigna. Elle avait beaucoup à faire au cours de la prochaine demi-heure.

*
* *

Joyce Summers était assise à la table de la cuisine devant des monceaux de paperasses. Elle se versa une tasse de café et la porta à ses lèvres pour boire.

Un craquement résonna dans la maison. Joyce sursauta et leva la tête. Puis, alors que le silence revenait, elle reporta son attention sur la comptabilité de la galerie.

Un second bruit. Cette fois, il venait de dehors. Légèrement inquiète, Joyce se leva et se dirigea vers la porte de derrière. Mais par la fenêtre, elle ne vit rien.

*
* *

Alors que la mère de la Tueuse se détournait, elle manqua apercevoir Darla, les traits déformés par une grimace d'impatience. Son plan se présentait bien...

En silence, elle s'écarta de la porte.

*
* *

Joyce continua à faire les cent pas dans la cuisine, sursautant au moindre bruit. *Calme-toi,* se morigéna-t-elle. *Ce n'est que le plancher qui travaille...*

Mais son cœur manqua un battement quand des coups résonnèrent à la porte de devant.

Elle alla ouvrir. Une lycéenne blonde se tenait sous le porche ; elle portait des livres de classe sanglés par une courroie et une tenue très conservatrice.

Si seulement Buffy pouvait s'habiller de cette façon, songea Joyce malgré elle.

— Bonjour.

— Bonjour, je suis Darla, se présenta la visiteuse. Une amie de Buffy...

— Oh. Enchantée de faire votre connaissance.

Joyce attendit la suite.

— Elle ne vous a pas dit que nous avions rendez-vous pour réviser ensemble, n'est-ce pas ? dit la jeune fille.

Joyce haussa les sourcils.

— Non, répondit-elle, vaguement inquiète. Je croyais qu'elle travaillait avec Willow à la bibliothèque.

Quand elles vivaient à Los Angeles, Buffy avait disparu tant de fois sans prévenir... Joyce espéra que ça n'allait pas recommencer.

— Elle doit encore y être, la rassura Darla. Willow est notre experte de la guerre de Sécession, mais je devais aider Buffy à potasser la guerre d'Indépendance. (Elle eut un sourire modeste.) Ma famille a été très... active durant cette époque.

— Buffy ne devrait plus tarder. Veux-tu entrer pour l'attendre ? proposa Joyce.

Darla franchit le seuil de la maison.

— C'est si gentil de m'inviter chez vous.

Joyce eut un sourire amusé. La plupart du temps, les adolescents se comportaient de façon bizarre (à commencer par sa propre fille), mais certains pouvaient se montrer charmants. Cette Darla lui plaisait déjà beaucoup.

— Sois la bienvenue, dit-elle en s'effaçant pour laisser entrer la jeune fille. Ça fait un bon moment que je me bats avec mes livres de compte. Tu veux manger quelque chose ?

— Volontiers.

— Voyons ce qu'il y a dans le frigo...

Joyce traversa la cuisine et demanda par-dessus son épaule :

— Tu as une petite ou une grosse faim ?

— Une grosse faim, répondit Darla en laissant sa nature vampirique reprendre le dessus.

Très bientôt, Angel serait de nouveau à elle...

*
* *

Il ne pouvait garder ses distances. Il fallait qu'il parle à Buffy.

Angel gravit les marches du porche et leva un poing pour frapper à la porte. Il se figea le bras en l'air, secoua la tête et s'éloigna.

Non, mieux valait qu'il ne le fasse pas.

Il était déjà ressorti du jardin quand un cri s'éleva à l'intérieur de la maison. Un cri de terreur.

Sans hésiter, Angel fit le tour et enfonça d'un coup d'épaule la porte de derrière.

La mère de Buffy gisait inconsciente dans les bras de Darla. Du sang coulait de deux petites plaies, dans son cou, et sur le menton de Darla.

— Lâche-la, gronda Angel.

La vampire le dévisagea et éclata de rire.

— Je n'en ai bu qu'un peu. Il en reste encore plein. N'as-tu pas envie de manger chaud après tout ce temps ?

Angel hésita. Son souffle se fit rauque tandis que l'odeur du sang frais venait lui chatouiller les narines. Tentatrice.

C'est vrai qu'il en avait envie. Sa soif n'avait plus été étanchée depuis si longtemps...

D'une voix enjôleuse, Darla l'invita à approcher.

— Viens... Ne te fais pas prier.

Dans ses bras, Joyce Summers ressemblait à une poupée de chiffon.

Angel secoua la tête et lutta contre son désir et contre le changement qui tentait de s'opérer en lui. C'était un être humain, pour l'amour du ciel. La mère de Buffy.

— Tu n'as qu'à dire oui, souffla Darla en poussant vers lui le corps de la femme inconsciente.

Angel voulut refuser, mais il se sentait faiblir un peu plus à chaque seconde. Il avait si soif...

Son visage se transforma d'une façon qu'il connaissait trop bien. Une flamme triomphale s'alluma dans les yeux de Darla.

— Bienvenue parmi les tiens.

Elle se dirigea vers la porte de derrière, le laissant seul avec Joyce Summers.

Angel baissa ses yeux vers le cou de la femme.

Vers les deux plaies jumelles et le sang qui s'en écoulait...

Il ferma les yeux, tentant de reprendre son contrôle. Puis il les rouvrit et pencha la tête vers le cou de Joyce Summers.

La morsure de Darla n'était pas très profonde ; un peu de salive se mêlait au liquide rouge sombre qui luisait faiblement dans la lumière électrique.

Angel ouvrit la bouche...

— Salut ! Je suis rentrée ! annonça une voix dans le couloir.

Buffy pénétra dans la cuisine et se figea.

La faim et la honte empêchèrent Angel de prononcer un mot.

*
* *

Jeter Angel par la grande fenêtre de devant n'était pas la façon la plus propre de se débarrasser de lui, mais Buffy s'en moquait. *Je ne participe pas au concours de la meilleure ménagère.*

Angel atterrit en tas sur la pelouse. Evidemment, il ne se fit pas mal. Il se releva aussitôt et se tourna vers la jeune fille.

Jamais Buffy n'avait haï quelqu'un autant qu'elle le haïssait.

— Tu n'es pas le bienvenu ici, dit-elle d'une voix basse, chargée de menace. Approche-toi encore de nous et je te tuerai.

Il ne dit rien, se contentant de la fixer de son regard sombre.

Lui tournant le dos, la jeune fille courut vers la cuisine, saisit le téléphone et composa le numéro des urgences.

— Maman, tu m'entends ? demanda-t-elle sur un ton suppliant. (Puis, alors que quelqu'un décrochait à l'autre bout :) Oui, j'ai besoin d'une ambulance au 1630 Revello Drive. Ma mère... s'est coupée. Elle a perdu beaucoup de sang. Dépêchez-vous, je vous en prie...

Elle raccrocha.

— Maman ?

La porte de derrière s'ouvrit. Buffy pivota, s'attendant à ce que ce soit Angel revenant à la charge. Mais elle ne vit qu'Alex et Willow.

— Salut..., commença le jeune homme.
Puis son regard se posa sur la forme prostrée de Joyce Summers, et il écarquilla les yeux.
— Oh, mon Dieu !
— Que s'est-il passé ? balbutia Willow.
— Angel est venu ici, dit simplement Buffy.
Elle eut l'impression que son monde s'écroulait.

CHAPITRE IV

Giles traversa le couloir de l'hôpital en courant et fit irruption dans la chambre de Joyce Summers.

Le cou orné d'un gros pansement, la mère de Buffy se reposait. Sa fille semblait monter la garde près de son lit, tandis qu'Alex et Willow se tenaient un peu en retrait.

— De quoi te rappelles-tu, maman ? demanda Buffy.

Joyce avait les paupières mi-closes. D'une voix pâteuse, elle répondit :

— Juste que... ton *amie* est venue, et que j'allais nous préparer quelque chose à grignoter.

— Mon *ami,* répéta Buffy, assaillie par la culpabilité.

— J'ai dû glisser et me couper sur... (Joyce hésita.) Le docteur dit que ça ressemble aux marques d'une fourchette à barbecue, mais je sais que nous n'en avons pas.

Elle tourna la tête vers Giles.

— Vous êtes docteur ?

— Maman, intervint Buffy, je te présente M. Giles.

— Le bibliothécaire de ton lycée ? s'étonna Joyce. Que... ?

Giles fit un pas en avant.

— Je suis venu vous présenter mes respects, et vous souhaiter un prompt rétablissement.

A moitié assommée par les calmants, la mère de Buffy s'étonna néanmoins.

— Ça alors ! Je n'aurais jamais cru que le personnel de lycée soit si prévenant...

— Tu devrais te reposer, intervint Buffy.

Elle posa un baiser sur la joue de sa mère et sortit de la chambre, ses amis sur ses talons.

Dans le couloir, elle s'adossa au mur d'un air las.

— Tout va bien. Ils lui ont fait des piqûres parce que son taux de globules rouges était un peu bas...

Giles vit qu'elle luttait pour retenir ses larmes, et il en fut ému.

Buffy avait beau être l'Elue, la championne de l'humanité face aux forces des ténèbres, elle n'en restait pas moins une lycéenne de seize ans amoureuse du... garçon qu'il ne fallait pas.

— Un peu bas, répéta le bibliothécaire pour donner à la jeune fille le temps de se ressaisir.

Il aurait voulu dire ou faire quelque chose pour la réconforter, mais il devait rester la voix de la raison. La seule, si nécessaire. Son devoir était de la protéger, pas de lui faire plaisir.

— Ça ressemble à une anémie. Heureusement que tu es arrivée au bon moment... Tu as eu de la chance.

— Je n'arrive pas à croire que j'ai pu me montrer aussi stupide, marmonna Buffy.

— Ce n'est pas ta faute, protesta Alex.

Giles fut fier du jeune homme. Il aurait été si facile pour lui de ricaner : « Je te l'avais bien dit »...

— Ah oui ? lâcha sèchement Buffy en le foudroyant du regard. Je l'ai invité dans ma maison. Et même après avoir découvert qui il était – ce qu'il était –, je n'ai pas réagi parce que j'avais des sentiments pour lui.

— Quand on aime quelqu'un, intervint Willow en jetant un rapide coup d'œil à Alex, on ne peut rien y faire.

— Si : on peut le tuer, répliqua Buffy. Ça ne résout peut-être pas le problème, mais ça supprime ses conséquences.

Un silence gêné retomba dans le couloir.

— On ferait mieux de garder un œil sur ta mère, suggéra enfin Alex.

Giles savait qu'il devait dire quelque chose.

Il n'était pas du tout certain que Buffy soit de taille à affronter Angel.

— Buffy...

La jeune fille se redressa.

— N'essaye pas de m'arrêter. Les membres du Trio m'ont attendue près du *Bronze*, et il était là aussi. Il vit dans les parages.

— Ce n'est pas un vampire ordinaire, insista Giles.

Il balaya les environs du regard et baissa la voix.

— Si tant est que ce genre de chose existe... Il te connaît. Il a affronté le Trio et survécu. Il va te falloir davantage qu'un pieu pour venir à bout de lui.

— Comme si je ne m'en doutais pas, ricana amèrement Buffy.

Giles ne trouva plus rien à dire. Il savait que Buffy avait pris sa décision, et qu'il ne pouvait rien faire pour l'empêcher d'agir.

Certes, il s'inquiétait pour elle... Mais c'était à ça qu'il passait la plupart de ses nuits depuis qu'il la connaissait. Et à sa place, n'importe quelle personne décente en aurait fait autant.

*
* *

Dans la bibliothèque envahie par les ténèbres, Buffy chargea l'arbalète de trois carreaux et testa sa résistance. C'était une arme efficace.
Elle devrait faire l'affaire.

*
* *

Dans son appartement, effondré sur une chaise, Angel avait conscience que Darla faisait les cent pas autour de lui.
— Elle a dû se mettre en chasse, ronronna la vampire. Tu sais qu'elle veut te tuer.
Angel, lui, avait envie de tuer Darla, ne fût-ce que pour la faire taire. Mais il se contenta de grommeler :
— Laisse-moi seul.
— Que croyais-tu ? insista Darla en se rapprochant de lui. Qu'elle comprendrait ? Qu'en découvrant ton vrai visage, elle se jetterait à ton cou pour t'embrasser ?
Elle se pressa contre lui et ils échangèrent un regard d'homme à femme, de monstre à monstre.
De semblable à semblable.

*
* *

Buffy visa une affiche représentant un beau mannequin en train de tirer sur une cigarette. « Fumer, ça craint », clamait le slogan.
Elle appuya sur la détente, et un carreau alla se ficher dans le cœur du futur cancéreux.

*
* *

Darla continuait à asticoter Angel, sans comprendre ni se soucier de la colère qui bouillonnait en lui.

— Pendant près d'un siècle, tu n'as pas connu un seul instant de paix, parce que tu refusais d'accepter ta nature profonde. C'est tout ce que tu as à faire : l'accepter. Ne laisse pas la Tueuse te pourchasser. Ne tremble pas devant elle comme un de ces misérables humains. Tue-la. Nourris-toi d'elle. Vis.

Comme si quelque chose venait de se briser en lui, Angel se leva d'un bond et la plaqua contre le mur en lui maintenant les poignets.

— Très bien, cracha-t-il.

Darla dut deviner dans ses yeux l'animal prêt à bondir, à moins qu'elle ne l'ait entendu dans sa voix. Aussitôt, elle redevint sérieuse.

Haletante, elle demanda :

— Que comptes-tu faire ?

— Mettre un terme à cette histoire, répondit sauvagement Angel.

— Parfait. (Darla observa une des mains d'Angel en train d'agripper son poignet.) Tu me fais mal. (Elle sourit.) Mais c'est bon.

*
* *

Buffy arpentait les rues de Sunnydale. Elle longea un parking désert bordé par une clôture en fil de fer barbelé et se dirigea vers le *Bronze*.

Toutes les lumières du bâtiment étaient éteintes. Sur la porte, une pancarte annonçait : « Fermé pour cause de désinfection. Réouverture samedi. »

La jeune fille entendit un bruit de verre brisé quelque part au-dessus d'elle. Elle leva les yeux, puis se coula le long du mur jusqu'à une échelle métallique.

L'arbalète en bandoulière, elle grimpa.

*
* *

Préoccupé par le sort de Buffy, Giles veillait une Joyce Summers dans le même état d'esprit.

— Elle me parle tout le temps de vous, confia-t-elle au bibliothécaire. Il est important pour les jeunes d'avoir des modèles adultes.

Giles sourit gentiment.

— Votre fille est aussi un modèle, dans son genre.

— Je ne sais pas trop... (Joyce soupira.) Il paraît qu'elle a des difficultés en histoire. Est-ce trop difficile, ou ne s'applique-t-elle pas assez ?

On en revenait toujours à l'éternel problème de la Tueuse et du Gardien : comment mener une vie normale, alors qu'en réalité, tout les séparait du reste des mortels ?

— Le problème, avança Giles, c'est que Buffy est très ancrée dans le présent, alors que l'histoire traite du passé. Mais je ne vois aucune raison pour que...

— Elle étudie avec Willow et Darla, coupa Joyce. Ce n'est pas comme si elle ne faisait aucun effort.

Giles sursauta.

— Darla ? répéta-t-il en s'efforçant de garder son calme. Je ne connais personne de ce nom.

— Son amie, celle qui est venue ce soir, expliqua Joyce sans remarquer son anxiété.

— Darla est venue chez vous ce soir ? s'exclama Giles. C'est d'elle que vous parliez tout à l'heure ?

Pas d'Angel ? ajouta-t-il mentalement.

— Pauvre petite, sourit Joyce. J'ai dû lui faire peur en m'évanouissant. Quelqu'un devrait appeler chez elle pour vérifier qu'elle va bien.

— Absolument. Je suis tout à fait d'accord. J'y vais de ce pas, dit Giles en se dirigeant vers la porte.

Alors qu'il sortait de la chambre, il entendit Joyce murmurer :

— Incroyable ! De mon temps, jamais un fonctionnaire de l'éducation n'aurait montré autant de zèle...

Il traversa le couloir à grandes enjambées. Alex et Willow, qui attendaient devant la chambre de Mme Summers, lui emboîtèrent aussitôt le pas.

— Nous avons un problème, annonça Giles.

*
* *

Buffy entra dans le *Bronze* par la vitre cassée. L'arbalète à la main, elle fouilla la mezzanine puis descendit lentement l'escalier, s'arrêtant à chaque marche pour balayer le rez-de-chaussée du regard.

En atteignant la piste de danse, elle crut distinguer une silhouette masculine sur sa droite. Mais quand elle pivota pour la viser avec son arme, elle ne vit personne.

Ou plutôt, rien, se corrigea-t-elle.

Sur la pointe des pieds, elle poursuivit son exploration. Sans la lumières, le bruit et les gens qui l'animaient d'ordinaire, le *Bronze* lui paraissait enveloppé d'un calme et d'une obscurité surnaturels.

Comme un champ de bataille.

Buffy entendit à nouveau un bruit de verre brisé et pivota en brandissant son arbalète.

— Je sais que tu es là ! cria-t-elle. Et je sais ce que tu es !

— Vraiment ?

Alors qu'elle se rapprochait de l'origine du bruit, la voix d'Angel monta d'un endroit différent.

— Je suis juste un animal, pas vrai ?

— Sûrement pas. J'adore les animaux, répliqua Buffy.

Elle sursauta en le voyant surgir devant elle, beaucoup plus près qu'elle ne l'aurait cru.

En l'honneur de leur confrontation, Angel avait opté pour son véritable visage.

— Finissons-en, grogna-t-il en découvrant les crocs.

Il bondit.

Comme il était très rapide, le temps que Buffy ajuste son tir, il avait déjà atterri sur une table de billard. La jeune fille appuya sur la détente, mais le carreau alla se loger dans le mur tandis qu'Angel se propulsait vers la mezzanine.

Buffy rechargea son arme, contourna la table de billard et pivota lentement sur elle-même à la recherche de sa cible. Son cœur battait la chamade. Tous ses sens étaient en alerte, tous ses réflexes de Tueuses tendus à craquer...

Angel se laissa tomber derrière elle, lui abattit ses deux poings sur la nuque et la repoussa vers la table de billard. Prenant appui contre celle-ci, Buffy décocha un coup de pied tournant à son adversaire, qui vola en arrière.

Le temps qu'il se ressaisisse, Buffy se laissa glisser à terre et tâtonna à la recherche de son arbalète, qu'elle avait laissé tomber dans la bagarre. Elle roula sur elle-même et, relevant la tête, pointa son arme sur Angel.

Le vampire se redressa lentement. Il lui fit face et écarta les bras, comme pour lui offrir une cible facile.

Le doigt de Buffy se crispa sur la détente.

Angel grogna. Puis son visage redevint celui du séduisant jeune homme qui l'avait attirée dès leur première rencontre.

Et qui avait combattu à ses côtés contre le Trio.

— Allez, la pressa-t-il. Ne faiblis pas maintenant.

Buffy tira. Son carreau manqua Angel de trois bons mètres et alla se planter dans un pilier, derrière lui.

— Tu ne vises pas très bien, fit remarquer le vampire.

Ils échangèrent un regard.

— Pourquoi ? demanda Buffy d'une voix tremblante de colère. (Elle se releva.) Pourquoi ne t'es-tu pas contenté de me tuer quand tu en avais l'occasion ? Etait-ce une mauvaise plaisanterie ? Voulais-tu me faire souffrir avant ? J'ai affronté des tas de monstres, mais c'est la première fois que j'en hais un.

— Ça fait du bien, pas vrai ? dit Angel calmement. Ça rend les choses plus faciles.

— Je t'ai invité dans ma maison, gronda Buffy, qui avait besoin d'exprimer son chagrin, sa stupeur et son désarroi. Et toi, tu en as profité pour attaquer ma famille !

— Pourquoi pas ? répliqua Angel sur un ton presque désinvolte. (Mais l'expression de son visage trahissait une profonde souffrance.) J'ai bien tué la mienne...

Il se rapprocha de la jeune fille.

— J'ai aussi tué les amis de mes parents, et les enfants de leurs amis. Pendant plus d'un siècle, j'ai donné une mort affreuse à tous ceux que je rencontrais. Et je l'ai fait avec une chanson dans le cœur.

Détectant de l'amertume dans sa voix, Buffy releva le menton.

— Qu'est-ce qui a changé ensuite ?

— Je me suis nourri d'une fille qui avait à peu près ton âge, expliqua Angel. Très belle, complètement idiote, mais favorite au sein de son clan.

— Son clan ? répéta Buffy, qui n'était pas sûre d'avoir bien entendu.

— Les bohémiens, soupira Angel. Leurs anciens ont concocté une punition parfaite pour moi. (Il marqua une pause, et son regard se fit lointain.) Ils m'ont rendu mon âme.

— Sans doute étaient-ils à court de malédictions traditionnelles, ironisa Buffy.

— Quand une personne devient un vampire, le démon s'empare de son corps mais pas de son âme, qui disparaît. Plus de conscience, plus de remords... Le moyen le plus facile de vivre.

Angel se tenait dans la pénombre, face à une Tueuse armée et bien décidée à se venger. Pourtant, il ne faisait pas mine d'attaquer ou de s'enfuir.

— Tu n'as aucune idée de ce qu'on ressent quand on a fait des choses affreuses et qu'on n'arrive pas à les oublier, ni à s'en moquer, dit-il d'une voix sourde. Depuis ce jour, je ne me suis pas nourri d'un être humain.

— Et il a fallu que tu recommences avec ma mère, cracha Buffy.

— Je ne l'ai pas mordue, se défendit Angel.

La jeune fille tiqua.

— Dans ce cas, pourquoi n'avoir rien dit ?

— Parce que j'en avais quand même envie.

Silence.

— Je marche comme un homme mais je n'en suis pas un, reprit doucement Angel. Ce soir, je voulais te tuer.

Buffy le savait. Elle avait également eu envie de tuer Angel.

Baissant les yeux, elle posa son arme à terre et se dirigea vers lui. Puis elle inclina la tête sur le côté pour lui offrir son cou.

— Vas-y, le provoqua-t-elle.

De tout son cœur, elle pria pour qu'il ne l'attaque pas. De toute son âme, elle croyait qu'il ne le ferait pas. Pourtant, chaque pouce de son être protestait de se trouver ainsi à la merci d'Angel. Elle était la Tueuse, et lui un vampire.

Angel garda le silence, ne pouvant détacher son regard du cou de Buffy. Puis il releva les yeux et croisa ceux de la jeune fille.

Buffy hocha imperceptiblement la tête.

— Pas aussi facile que ça en a l'air, pas vrai ?

Angel ne put réprimer un sourire.

— Bien sûr que si, répondit à sa place une voix sortant des ombres.

*
* *

Alex, Willow et Giles couraient dans la nuit à la recherche de Buffy.

— Nous sommes tout près du *Bronze*. Et maintenant ? s'enquit la jeune fille.

— On continue à fouiller, ordonna Giles.

— J'ai une petite question, intervint Alex, inquiet et frustré. Si on la trouve et qu'elle est en train de se battre avec Angel ou ses amis... Qu'est-ce qu'on fait ?

Personne ne répondit.

Parce que nul ne savait quoi répondre.

*
* *

Darla s'avança vers Angel et Buffy, les mains croisées dans le dos, un air insouciant sur son visage d'adolescente.

— Tu sais quelle est la chose la plus triste du monde ? interrogea-t-elle.

Buffy haussa les épaules.

— Une coupe aussi ratée que la tienne pour compléter cet uniforme ridicule ?

Darla ne releva pas le sarcasme.

— Aimer quelqu'un qui t'aimait autrefois, dit-elle en observant Angel.

Surprise, Buffy se tourna également vers lui.

— Vous... êtes sortis ensemble ?

— Pendant plusieurs générations, acquiesça Darla, savourant le tourment de la jeune fille.

Buffy tenta de se ressaisir.

Elle se souvenait de Darla à présent : c'était la vampire qui avait attiré Jesse au cimetière lors de sa première soirée au *Bronze*, peu de temps après son arrivée à Sunnydale.

Autrement dit, Darla était responsable de la mort du jeune homme.

— Quand on traîne ses guêtres depuis l'époque de Christophe Colomb, on a forcément un paquet d'ex, cingla Buffy. Mais je parie que tu es plus vieille que lui.

« Entre nous, tu commences à avoir de vilaines pattes d'oie. Tu devrais essayer les nouveaux soins antirides : il paraît qu'ils font des miracles. Quoi que dans ton cas, je ne suis pas sûre... Les dommages sont trop avancés.

Darla découvrit ses crocs.

— C'est moi qui l'ai créé, dit-elle triomphalement, comme si elle savait que ça ferait de la peine à Buffy. Et il fut un temps où nous partagions tout. (Elle se tourna vers son ancien compagnon.) N'est-ce pas, Angel ?

Le vampire ne répondit pas ; le sourire de Darla s'effaça.

— Nous t'avons donné une chance de rentrer au bercail et de régner avec moi sur la cour du Maître pour les millénaires à venir. Mais tu l'as rejetée à cause d'elle. Tu aimes quelqu'un qui a juré notre perte, cracha-t-elle, incrédule.

Buffy tenta de cacher sa surprise.

Angel est amoureux de moi ? L'avait-il dit à Darla ? Comment aurait-elle pu le savoir autrement ?

La jeune fille jeta un coup d'œil inquiet à Angel, qui le lui rendit.

Il a peur pour moi, réalisa-t-elle. *A moins qu'il n'ait peur que je comprenne qu'il tient à moi.*

— Tu es malade, insista Darla. Tu le resteras toujours, et tu te souviendras à jamais du moment où tu l'as vue mourir.

Elle avait adopté le même ton chantant que le Maître. Se tournant vers Buffy, elle ajouta :

— Tu ne croyais quand même pas que j'étais venue les mains vides ?

— Je sais que ce n'est pas mon cas, répliqua la jeune fille.

D'un geste vif, elle abattit son pied sur une extrémité de l'arbalète, qui sauta dans sa main. Darla gloussa.

— Très impressionnant, admit-elle.

Elle ramena ses bras devant elle.

Dans chaque main, elle tenait un énorme revolver – des 357, supposa Buffy, bien qu'elle n'ait pas beaucoup étudié les armes à feu – qu'elle pointa sur la jeune fille.

— Encore plus impressionnant ! cracha Darla en se mettant à tirer.

Buffy plongea sous la table de billard.

Ange reçut une balle dans l'épaule et alla s'écraser contre le mur où s'était fiché le premier carreau. Avec un grognement de douleur, il se laissa glisser sur le sol.

— Angel ! cria Buffy.

— Ne t'inquiète pas pour lui, ricana Darla. Les balles ne peuvent pas tuer les vampires : juste leur faire un mal de chien...

Et elle tira de nouveau sur son adversaire.

*
* *

Dans la ruelle qui longeait le *Bronze*, Alex et les autres se figèrent.
— Vous avez entendu ?
Des coups de feu.
Ensemble, ils se précipitèrent vers la porte.

*
* *

Accroupie derrière la table de billard, Buffy écoutait Darla déblatérer en se rapprochant d'elle.
— Tant de parties du corps et si peu de balles... Commençons par les rotules : il est difficile de danser sans elles.
Des coups de feu éclatèrent de nouveau.
Rassemblant tout son courge, Buffy jaillit de sa cachette et tira. Le carreau alla se planter dans la poitrine de Darla, qui se plia en deux et tituba.
Un instant, Buffy crut qu'elle avait gagné. Elle jeta un coup d'œil à Angel, qui se relevait, s'aidant du projectile planté dans le mur.
Puis Darla se redressa et dit :
— Tout près. Mais pas dans le cœur.
Elle arracha le carreau de sa poitrine et le laissa tomber négligemment sur le sol.

*
* *

La porte de devant étant fermée, Willow, Giles et Alex entrèrent dans le *Bronze* par la vitre brisée du second étage, et se dirigèrent vers la mezzanine.
Tous trois baissèrent un regard consterné vers la piste de danse.

— Il faut la distraire, chuchota Alex, réalisant en même temps que Buffy que son amie était à court de carreaux. Et vite !

— Buffy, s'époumona Willow, ce n'est pas Angel qui a attaqué ta mère ! C'était Darla !

Cette dernière pivota vers eux et ouvrit le feu.

Avec un bel ensemble, ils plongèrent à terre.

*
* *

Au rez-de-chaussée, la poitrine en feu, Angel arracha le carreau fiché dans le mur.

*
* *

Darla sauta à pieds joints sur la table de billard. Buffy se leva et tira violemment celle-ci vers elle, déséquilibrant son adversaire.

Darla tomba sur le dos ; Buffy en profita pour repousser la table de toutes ses forces.

Puis elle s'élança vers le bar tandis que Darla roulait sur elle-même et qu'un feu nourri jaillissait du canon de ses revolvers.

Au moment où la jeune fille bondissait par-dessus le comptoir, un miroir vola en éclats au-dessus de sa tête.

*
* *

Une diversion.

Giles repéra une console d'éclairage non loin de lui. Il se précipita et appuya sur plusieurs boutons au hasard. Des spots s'allumèrent ; un stroboscope pulsa.

Un instant, la femelle vampire eut l'air désorienté, et Giles se réjouit. Puis elle marcha de nouveau sur Buffy, ses gestes saccadés évoquant ceux du monstre de Frankenstein.

Darla tira sur Buffy toujours blottie derrière le comptoir. Les verres suspendus à l'envers explosèrent tandis que la jeune fille esquivait les balles.

— Allons, Buffy, viens te battre si tu es un homme, railla Darla.

Elle tira en esquissant une grimace triomphante, comme si elle savourait déjà sa victoire.

Puis, dans la lumière du stroboscope, Giles vit Angel s'approcher derrière elle, un carreau d'arbalète à la main. Sans crier gare, il se redressa de toute sa hauteur et le plongea dans le dos de Darla.

*
* *

Giles éteignit le stroboscope.

A l'intérieur du *Bronze*, la pénombre retomba en même temps que le silence.

*
* *

Darla tituba. Elle lâcha ses revolvers, qui s'écrasèrent bruyamment sur le sol, et pivota.

— Angel ? murmura-t-elle, incrédule.

Elle s'agrippa à lui un instant, puis s'effondra et explosa sous le regard torturé de son ancien compagnon.

— Darla..., chuchota-t-il.

Sa créatrice. Sa maîtresse. Elle avait fait de lui ce qu'il était, mais quelqu'un d'autre lui avait infligé le même sort auparavant. Et elle, personne ne lui avait rendu son âme.

Comme ils avaient pris du bon temps ensemble, autrefois ! C'était Darla qui lui avait fait cadeau de la Gitane, sans se douter un instant que ce geste marquerait la fin de leur relation et qu'il les entraînerait vers cette nuit où il avait dû la détruire.

Buffy, la belle et courageuse humaine qui l'aimait, se releva derrière le comptoir et dévisagea Angel. Il ne sut pas quoi lui dire ; en fait, il n'était même pas certain de pouvoir parler.

En tuant Darla, il avait franchi une frontière invisible mais bien réelle. Il était allé trop loin, et il ne pourrait jamais revenir en arrière.

Lentement, il se détourna et s'éloigna.

*
* *

Le Maître hurlait de rage et de désespoir.

Dans sa fureur aveugle, il renversait avec son épieu tout ce qui lui tombait sous la main. Un énorme chandelier alla se fracasser sur le sol de sa prison.

Submergé par le chagrin, le Maître s'effondra.

— Darla ! sanglota-t-il.

Le Juste des Justes s'approcha de lui.

— Oubliez-la, dit-il, parfaitement calme.

Outragé, le Maître baissa les yeux vers son arme sacrée.

— Comment oses-tu ? s'emporta-t-il. Elle était ma favorite. Pendant quatre siècles...

— Elle était faible, coupa le jeune garçon. Nous n'avons pas besoin d'elle. Je vous rapporterai personnellement la tête de la Tueuse.

Les épaules du Maître s'affaissèrent.

— Et le pire, gémit-il, c'est que c'est Angel qui l'a tuée ! Angel, qui devait siéger à ma droite le jour de mon avènement ! A présent...

— Ils sont tous contre vous, laissa tomber Collin. Mais bientôt, vous vous libérerez. (Il tapota gentiment l'épaule du Maître.) Alors, nous les massacrerons tous.

Réconforté, son créateur esquissa un sourire et pressa entre ses doigts décharnés la petite main du Juste des Justes.

ÉPILOGUE

Buffy eut une drôle d'impression lorsqu'elle retourna au *Bronze* le samedi d'après. Le club avait rouvert ; il était à nouveau plein de gens, de musique et de rires. Si différent de la dernière fois qu'elle y avait mis les pieds...

De la dernière fois où elle avait vu Angel.

La jeune fille portait la croix qu'il lui avait donné lors de leur première rencontre. C'était devenu son plus cher trésor : la preuve qu'il ne ressemblait pas aux autres vampires, ces créatures démoniaques assoiffées de pouvoir et de sang.

— Ah, la soirée post-désinfection, railla Alex.

— Quelle différence avec la soirée de pré-désinfection ? s'enquit distraitement Buffy.

— Les cafards sont plus juteux.

La jeune fille ne put s'empêcher de chercher Angel du regard. Willow dut le remarquer, car elle demanda gentiment :

— Pas de nouvelles d'Angel ?

Buffy s'efforça de prendre un ton détaché.

— Non. Mais c'est bizarre : d'une certaine façon, j'ai l'impression qu'il m'observe.

Willow ne se départit pas de son sourire.

— D'une certaine façon... Tu veux dire, comme s'il était juste là-bas ?

Buffy et Alex se retournèrent en même temps. La jeune fille rosit de plaisir et se dirigea vers le vampire qu'elle aimait.

*
* *

Willow vit l'expression dépitée d'Alex. Ils s'approchèrent d'une table. Le jeune homme prit délibérément place dans la chaise qui tournait le dos à Angel et Buffy.

— Je n'ai pas besoin de regarder ça parce que je ne me sens pas menacé, dit-il comme pour s'en convaincre lui-même. Ce qui se passe là-bas m'intéresse beaucoup plus.

*
* *

Comme toujours, Angel était seul.

Bien que son statut de Tueuse l'empêche de mener une vie normale, Buffy avait plus de chance que lui, et elle en était consciente. N'avait-elle pas des amis, un Gardien, une mère... et même quelques occasions de se défouler innocemment de temps à autre ?

Angel n'avait rien de tout ça. Et à présent qu'il avait tué Darla, sa créatrice, il serait sans doute aussi pourchassé que la Tueuse.

Buffy s'approcha en songeant combien elle éprouvait d'amour et de compassion pour lui.

Pendant quelques secondes, aucun d'eux ne dit rien. Puis Angel prit la parole.

— Je voulais juste savoir si tu allais bien, et si ta mère s'était remise.

— Nous sommes en parfaite santé toutes les deux. Et toi ?

Le vampire eut un rire bref.

— Si j'arrive à ne pas me faire poignarder ou tirer dessus pendant quelques jours, je serai comme neuf.

Il hésita.

— Ecoute, commença-t-il, l'air grave. Nous ne pouvons pas...

— ... Continuer comme ça, je sais, acheva Buffy à sa place. (Elle tenta de dissimuler sa douleur sous une plaisanterie.) Et tu as quelque deux cent vingt-quatre ans de plus que moi...

Angel eut un léger sourire pour lui montrer qu'il appréciait sa réaction. Buffy cherchait à leur faciliter la tâche à tous deux, et il lui en savait gré.

— Il faut que... je me tienne à distance de toi.

— Je sais, répéta la jeune fille d'une voix rauque. Moi aussi.

Ils se dévisagèrent un moment.

— L'un de nous ne devrait-il pas s'en aller ? demanda Buffy, hésitante.

— Si.

Mais ils demeurèrent immobiles.

Puis Angel baissa la tête pour embrasser Buffy. Elle lui rendit son baiser, tentant de lui infuser un peu de sa chaleur, savourant la douceur de ses lèvres et la tendresse de son étreinte.

Même si elle ne devait jamais le revoir, cet instant leur appartenait. Buffy enlaça Angel et s'abandonna dans ses bras.

*
**

— Où en sont-ils ? demanda Alex.

Visiblement, il mourait de curiosité et de jalousie, réalisa Willow. Mais elle était prête à parier une heure de connexion Internet qu'il ne céderait pas à l'envie de se retourner.

— Nulle part, répondit-elle.

— Du moment qu'ils ne s'embrassent pas...

Alex éclata d'un rire gêné tandis que Willow, sans répondre, souriait rêveusement à la bonne fortune de sa meilleure amie.

*
**

Le baiser se termina. Buffy leva la tête vers Angel et demanda gentiment :

— Ça ira ?

Il sembla chercher ses mots.

— C'est tellement...

Les yeux de Buffy se remplirent de larmes.

— ... Douloureux. Je sais.

Puis elle rassembla tout son courage pour s'arracher à l'étreinte d'Angel :

— A un de ces quatre, alors.

Elle se détourna et s'éloigna.

*
**

La douleur se refléta sur le visage d'Angel, ressuscité à la nuit sous le nom d'Angélus, tandis qu'il regardait partir la Tueuse.

Mais il était trop tard : elle lui avait apposé sa marque. La croix qu'elle portait autour du cou – celle qu'il lui avait offerte lors de leur première rencontre – avait imprimé un sceau dans la chair de sa poitrine.

Comme son amour pour Buffy continuait à en brûler un autre dans son cœur.

DEUXIÈME CHRONIQUE

DÉVOTION

PROLOGUE

Ce n'était pas une nuit calme pour la Tueuse.

Un gémissement aigu résonnait autour d'elle, évoquant les supplications agonisantes d'un démon, d'un vampire ou d'un autre monstre tout droit sorti de la boîte de chocolats géante qu'était la Bouche de l'Enfer.

Comme s'il faisait écho aux pensées de son amie, Alex demanda, inquiet :

— Est-elle en train de mourir ?

Buffy et lui étaient vautrés sur le lit de la jeune fille. A leurs pieds, assise en tailleur sur le sol, Willow serrait contre elle une vache en peluche pendant qu'ils lui tressaient les cheveux en observant la télé d'un air hypnotisé.

Sur l'écran – grâces en soient rendues au câble et à ses innombrables rejetons, les chaînes de nuit – une Hindoue dont ils ne comprenaient pas les propos beuglait dans son téléphone.

— Je crois qu'elle chante, répondit Buffy, fascinée.

— Un opéra téléphonique hindou, s'émerveilla Alex. Ça, c'est du divertissement. (Il marqua une pause.) Je me demande ce qu'elle raconte...

Les yeux écarquillés, Willow laissa parler son imagination.

— Elle est triste parce que son amant lui a donné douze pièces d'or mais que le magicien a déchiré le sac de sel. Maintenant, ses danseurs n'ont plus d'endroit où célébrer la fête des poissons.

— Mais pourquoi chante-t-elle ? insista Alex.

— Son amant ? s'étonna Buffy. Je croyais que c'était son chiropracteur.

Sans détacher son regard de l'écran, Willow grimaça.

— A cause du truc qu'il a fait avec ses pieds tout à l'heure ? Non, je pense que ça n'avait rien de professionnel.

La chanteuse à la voix perçante ne semblait apparemment pas décidée à en finir avec son monologue.

— Et dire que nous craignions de nous ennuyer ce soir, juste parce que nous n'avions pas d'argent ni d'endroit où traîner ! soupira Alex.

Le visage de Willow s'éclaira.

— Je sais ! Nous pourrions aller au *Bronze*, introduire en fraude des sachets de thé et réclamer trois tasses d'eau chaude !

Alex eut un léger sourire.

— Dépêche-toi de sauter dans le train des hors-la-loi avant que tes crimes ne nous fassent tous jeter en prison.

— Moi, je ne suis pas mécontente de passer une soirée tranquille à la maison, intervint Buffy. Pour une fois que les démons et les vampires de Sunnydale se tiennent à carreau, j'ai bien l'intention d'en profiter. (Une pause.) Rappelez-moi ce que vient faire ce buffle au milieu de l'histoire ?

*
* *

De l'autre côté de la ville, personne ne chantait dans une bâtisse de pur type californien à la façade de stuc blanc.

Le calme de la nuit vola en éclats en même temps qu'une porte-fenêtre du second étage. Une adolescente affolée sauta par-dessus le balcon, atterrit sur une vaste pelouse impeccablement entretenue et s'enfuit à toutes jambes.

Derrière elle, une silhouette sombre se pencha par-dessus la rambarde, baissa les yeux et, marmonnant entre ses dents, revint sur ses pas.

Quelques secondes plus tard, d'autres silhouettes vêtues de robes amples sortirent par toutes les portes de la demeure pour donner la chasse à la malheureuse.

Haletant de peur et d'épuisement, l'adolescente s'enfonça dans les bois. La terreur lui donnait des ailes, mais ses poursuivants étaient plus rapides encore. Tandis qu'elle trébuchait sur des racines et se penchait pour éviter les branches basses, elle s'aperçut qu'ils gagnaient du terrain.

Elle buta sur un obstacle invisible, se releva d'un bond et, dans un effort désespéré, se hissa au sommet d'un mur de pierre. Elle n'avait pas plus tôt touché le sol de l'autre côté que trois silhouettes noires apparaissaient derrière le mur.

La jeune fille s'élança dans le cimetière. Le clair de lune découpait les pierres tombales et faisait ressortir leurs inscriptions en leur conférant un éclat sinistre.

Bientôt la maison, songea-t-elle alors qu'elle longeait une étrange crypte en forme de pyramide. *Je vais vivre...*

Une silhouette vêtue d'une robe jaillit de derrière le monument et la saisit par les poignets. La jeune fille se débattit en hurlant.

— Callie, gloussa son poursuivant sur un ton plein de reproches. Tu t'en allais déjà ?

C'était Richard, le séduisant étudiant blond qui l'avait attirée au quartier général de la fraternité en lui promettant du bon temps.

— La soirée ne fait que commencer, reprit-il sur un ton désinvolte.

Les autres silhouettes se rapprochèrent et il poussa la jeune fille dans leurs bras. Entraînée à son corps défendant, le visage baigné de larmes, elle se débattit pourtant consciente que c'était inutile.

Richard jeta un coup d'œil alentour pour s'assurer que personne ne les avait vus. Puis il releva sa capuche et suivit les autres, qui ramenaient Callie vers sa prison.

CHAPITRE PREMIER

La nuit des gémissements en hindi au téléphone avait pris fin. La journée des gémissements au lycée de Sunnydale ne faisait que commencer.
— Ha ha ha, oh, hum... Vous voyez ?
Brandissant un magazine féminin ouvert à la page de l'article qui l'intéressait, Cordélia Chase était en train de faire une démonstration à son fan-club.
— D'après le docteur Debbi, quand un homme parle, il faut accrocher son regard, bien écouter tout ce qu'il dit et rire à ses plaisanteries. Comme ça : ha ha ha.
Avide de détails, Willow demanda à Buffy :
— Tu as rêvé d'Angel ?
Les deux jeunes filles descendaient l'escalier ensemble.
— Pour la troisième nuit d'affilé, avoua son amie, embarrassée mais ravie de pouvoir en parler à quelqu'un.
— Qu'est-ce qu'il faisait ? s'enquit Willow, les yeux brillants.
Buffy eut un sourire rêveur (d'autres auraient dit : stupide).
— Des trucs.
— Oooh, des trucs, répéta Willow, tout excitée. Etait-ce un de ces rêves réalistes où tu pouvais sentir le contact de ses lèvres et l'odeur de ses cheveux ?
Buffy hocha la tête.

— Il y avait même le son en dolby stéréo. (Elle soupira.) Je pense beaucoup trop à lui ces derniers temps.

A son retour des vacances d'été, passées à Los Angeles avec son père, la jeune fille avait dit à Angel qu'elle désirait « se concentrer sur ses relations avec les vivants. » Mais c'était un mensonge, bien sûr.

En réalité, elle avait peur de l'avenir. Si elle ne pouvait pas se protéger elle-même, comment protégerait-elle ses amis ?

Buffy s'était montrée cruelle envers Angel, le repoussant comme Willow, Alex et Giles parce qu'elle avait enfin réussi à détruire le Maître, mais pas avant qu'il ne la tue de ses mains. Techniquement, comme disait son Gardien. Le Maître l'avait mordue, puis elle s'était noyée.

Elle était morte. D'accord, Alex l'avait ressuscitée, lui permettant d'achever le Maître. Mais ce n'était pas le genre d'expérience qu'on pouvait oublier facilement.

Buffy avait eu si peur de rentrer à Sunnydale, de reprendre cette vie où, à cause d'elle, ses amis couraient des risques à chaque instant, qu'elle avait même provoqué Angel en duel, de vampire à Tueuse.

Evidemment, il avait refusé. Et quand elle avait fini par craquer, c'était vers lui qu'elle s'était tournée. Il l'avait serrée contre lui pendant qu'elle sanglotait, vidant enfin le sac de sa colère et de sa terreur.

Plus récemment, Angel avait même avoué sa jalousie envers Alex, qui vivait comme elle sous la lumière du soleil. Alors, pourquoi n'avaient-ils toujours pas de véritable relation ?

Chaque fois qu'Angel pointait le bout de son nez, c'était dans des situations critiques qui ne leur laissaient pas le loisir d'approfondir leurs sentiments mutuels. Puis il s'évanouissait en fumée.

— Vous êtes faits l'un pour l'autre, insista Willow. Mis à part que, euh...

— ... Qu'Angel est un vampire ? compléta Buffy.

— Ça ne fait pas de lui quelqu'un de mauvais, objecta son amie, fidèle à l'incurable romantique qu'elle était.

Pourtant, elle non plus n'était pas entièrement persuadée que sortir avec Angel soit une bonne idée.

— Je suis folle, marmonna Buffy. Je ne peux pas avoir de relation avec lui.

— Pas pendant la journée, concéda Willow, mais tu pourrais l'inviter à prendre un café un soir. (Tandis que son amie la dévisageait, elle expliqua :) C'est la boisson idéale pour des gens qui en sont encore au stade des préliminaires. Pas un rendez-vous galant, juste une boisson chaude et amère... Comme toutes les histoires d'amour, si on y réfléchit bien.

Alex se glissa entre les deux filles.

— Qu'est-ce qui est comme toutes les histoires d'amour ? s'enquit-il gaiement.

— Rien que je possède, en tout cas, marmonna Buffy.

Mais l'idée devait faire son chemin dans sa tête, car elle jeta un nouveau coup d'œil inquisiteur à Willow.

— Un café, hein ?

Alors qu'ils approchaient du champ de réalité où Cordélia et sa cour régnaient en maîtres suprêmes, les deux jeunes filles firent un large détour. Mais Alex, qui se sentait d'humeur combative, ne dévia pas de sa trajectoire.

Il fut ravi d'entendre Cordélia dire à ses clones :

— Il n'y a vraiment aucune comparaison entre les étudiants de fac et les lycéens. (Elle jeta à Alex un regard dédaigneux.) Non mais, vous avez vu ça ?

Le gant avait été jeté, et Alex se sentait de taille à le relever.

— Alors, Cordy, tu sors avec des étudiants ? demanda-t-il avec un sourire charmeur.

Ça marchait à tous les coups. Comme un paon qui fait la roue, Cordélia joua avec ses mèches et leva le menton d'un air vaniteux.

— Non que ça te regarde, mais je vois effectivement un garçon de la fraternité Delta Zêta Kappa.

Alex hocha gravement la tête.

— Ah, un extraterrestre. Je comprends. C'est ton seul terrain de chasse depuis que tu as épuisé les humains...

Debout près de la fontaine, Willow et Buffy tendirent l'oreille.

— Toi aussi, un jour, tu iras à la fac, dit Cordélia d'une voix doucereuse. Et dans plein d'autres endroits excitants... pour livrer tes pizzas.

Cette fois, Alex ne sut que répondre. Dépité, il alla rejoindre ses amies et chercha quelque chose d'amusant à leur dire, pour leur montrer que la repartie de Cordélia ne l'avait pas atteint. Mais la cloche sonna avant qu'il ait trouvé.

Buffy écarquilla les yeux.

— Et zut ! J'avais dit à Giles qu'on se voyait à la bibliothèque avant le début des cours ! (Elle haussa les épaules.) Bah, je suppose qu'il ne m'en voudra pas trop. Il n'y a pas beaucoup d'activité paranormale ces temps-ci.

*
* *

Une fois de plus, Buffy avait tort.

Giles fondit sur elle comme un de ces vieux juges anglais coiffés d'une perruque ridicule qui parlaient toujours de brûler les sorcières dans les vieux films.

— Ce n'est pas parce que le paranormal est devenu plus normal et moins... para, que tu dois être en retard et baisser ta garde, la réprimanda-t-il.

— Qui t'a dit que je l'avais baissée ? répliqua Buffy, sur la défensive.

— La semaine dernière, tu ne t'es pas donnée à fond à ton entraînement armé, et tu as carrément raté toutes nos sessions de combat à mains nues.

Giles, qui faisait les cent pas autour de la jeune fille, s'arrêta derrière elle.

— Seras-tu prête si un démon jaillit dans ton dos pour te faire ça ?

Sans crier gare, il la saisit par le col. Buffy lui attrapa le poignet, pivota et lui tordit le bras d'un geste sec. Un centimètre de plus vers le haut, et il se briserait.

Giles poussa un grognement de douleur.

— Oui, bon. Moi, je ne suis pas un démon... C'est pourquoi tu devrais me lâcher.

Sans ciller, Buffy s'exécuta.

— Merci.

Le Gardien se redressa en massant son poignet endolori. Il ne semblait plus en rogne contre elle, mais il avait toujours l'air inquiet.

Buffy s'assit sur la table et se prépara à subir son petit discours.

— Quand on vit sur un point de convergence mystique, ce n'est qu'une question de temps avant que l'enfer se déchaîne de nouveau. Tu devrais mettre ce répit à profit pour t'entraîner plus intensément, pour chasser et patrouiller dans les rues, pour perfectionner tes compétences jour et nuit.

Buffy en avait plus qu'assez de ce baratin.

— Et le petit bout de vie qui m'appartient toujours – disons, entre sept heures et sept heures cinq du matin –, j'en fais quoi ?

Giles leva les yeux au ciel, mais un peu de compassion filtrait dans sa voix quand il répondit :

— Buffy, tu crois que je ne sais pas ce que c'est d'avoir seize ans ?

— Non, répliqua-t-elle. Je crois que tu ne sais pas ce que c'est d'avoir seize ans, d'être une fille *et* la Tueuse.

— C'est vrai, dut-il admettre.

Il ôta ses lunettes pour se frotter les yeux.

— Ni ce que c'est de devoir tuer des vampires alors que tu rêves de l'un d'eux toutes les nuits, ajouta Buffy, sa voix montant dans les aigus.

— Euh...

— Déterrer les morts-vivants n'a pas un effet miraculeux sur ma vie sociale, tu sais. « Catastrophique » me semble plus exact.

Giles sauta sur cet argument comme le tigre du Bengale avait sauté sur le buffle de la cantatrice hindoue.

— C'est justement là qu'être différente joue en ta faveur.

— Mouais, grogna Buffy, souhaitant presque qu'il l'attaque à nouveau pour pouvoir lui tordre le bras. Qui a besoin d'une vie sociale quand on peut se délecter pour le même prix des attractions généreusement dispensées par la Bouche de l'Enfer ?

— Tout à fait ! s'exclama Giles, qui n'avait pas relevé le sarcasme dans la voix de la jeune fille. Tu as un but, un objectif ! Une mission à accomplir. Combien de gens de ton âge, ou même plus vieux, peuvent se vanter d'une chose pareille ?

Combien en auraient envie ? faillit répliquer Buffy. Mais désireuse de ne pas lancer Giles dans un de ses assommants monologues, elle se contenta de répondre :

— Uniquement aux Etats-Unis ou dans le monde entier ? Autour de zéro, je pense.

Giles soupira. Parfois, il se demandait pourquoi il gaspillait son temps et sa salive. Lui non plus ne menait pas exactement une vie normale !

— Nous sommes tous obligés de faire des choses qui ne nous plaisent pas, déclara-t-il sèchement. En ce qui te concerne, ce sera combat à mains nues cet après-midi et patrouille ce soir. Alors, je te suggère de venir ici directement après les cours pour faire tes devoirs... sans *traîner* avec tes amis.

Buffy avança la lèvre inférieure et la força à trembler comme celle d'une petite fille sur le point d'éclater en sanglots. Mais Giles ne se laissa pas attendrir : il ne faisait ça que pour son bien.

— Pas la peine de me regarder avec ces grands yeux humides. Ça ne prend pas.

Le menton de Buffy trembla. Elle battit des paupières. Après tout, c'était vrai qu'elle n'avait que seize ans...

— Ça ne prend pas, insista Giles.

*
** *

Enfin libres.

Willow et Alex se dirigeaient vers la sortie avec le reste du troupeau des lycéens.

— J'ai cru que cette journée n'en finirait jamais, soupira le jeune homme.

Son amie haussa un sourcil.

— Et encore, tu as séché trois cours.

— Oui, et évidemment, ce sont ceux qui sont passés le plus vite. (Alex leva les yeux.) Buffy !

Devant eux, la jeune fille était assise sur la rampe de l'escalier, balançant les pieds dans le vide. Elle portait des lunettes de soleil et arborait un air décontracté. Ses amis s'approchèrent d'elle ; elle leur fit un sourire radieux.

— N'es-tu pas censée faire tes devoirs à la bibliothèque ? s'enquit prudemment Willow.

— Pas du tout, dit Buffy. J'ai décidé de traîner avec mes amis.

Elle saisit un bras d'Alex et se blottit contre lui d'un air taquin.

— Moi, ça me va, se réjouit le jeune homme.

Ce fut alors que Cordélia, en proie à son éternel souci de faire une grande entrée ou une grande sortie, heurta Willow de plein fouet... et ne parut même pas s'en apercevoir. Pendant que le Gang s'indignait de ses mauvaises manières, elle s'élança dans l'escalier.

Une BMW noire avec toit ouvrant et un tas d'autres options amusantes s'arrêta dans le virage. Depuis l'endroit où elle traînait, Buffy vit la silhouette de Cordélia se refléter sur sa carrosserie étincelante tandis que la jeune fille remontait ses lunettes de soleil comme un mannequin et dédiait un large sourire aux vitres teintées.

*
* *

Oh, mon Dieu. Il était venu la chercher avec sa Beemer !

La vitre électrique descendit, révélant le très riche et très séduisant Richard Anderson. Ses lèvres prononcèrent le mot magique.

— Cordélia...

La jeune fille sourit en faisant attention à ne pas cligner des paupières, comme le recommandait le docteur Debbi.

— Bonjour, Richard. Jolie voiture.

Un autre garçon, moins beau et moins branché, était assis sur le siège passager. Cordélia ne lui prêta pas la moindre attention.

— On fait une petite fête demain soir au QG, expliqua Richard.

Le QG de leur fraternité...

Cordélia caressa du regard sa bouche, ses fossettes, ses yeux. Le jeune homme se tourna vers son ami, qui observait quelque chose un peu plus loin. Mais peu importait. Tant qu'elle continuait à le fixer, elle suivait à la lettre les conseils du docteur Debbi.

— Et ça va être une soirée vraiment très spéciale, reprit Richard.

Maintenant, songea Cordélia. Elle laissa échapper un petit rire perlé.

— Ha ! ha ! ha !

Richard cligna des paupières.

— Je te demande pardon ?

Hum. Elle ne devait pas encore être tout à fait au point. Sans le quitter des yeux, elle pépia :

— Oh, j'adorerais venir !

De nouveau, Richard regarda derrière elle.

— Qui est ton amie ?

Cordélia se retourna. Buffy souriait à quelque idiotie que venait de proférer Alex.

Mentalement, elle sursauta. Quoi ? Richard s'intéressait à l'Elue Psychopathe ?

— Elle ? Ce n'est pas mon amie, le détrompa Cordélia.

Alors, le passager de Richard prit la parole pour la première fois.

— Je la trouve étonnante.

— En réalité, nous sommes plutôt comme deux sœurs, corrigea la jeune fille sans ciller. Proches à un point que tu ne peux pas imaginer.

Richard lui sourit.

— Pourquoi ne nous présentes-tu pas ?

Fulminant à l'intérieur, Cordélia serra les dents et se força à prendre un air ravi.

— Mais bien sûr !

*
**

— Ce soir, chaîne cinquante-neuf, télévision hindoue : sexe, mensonges et scénario incompréhensible. J'apporterai des pistaches, promit Alex en se frottant les mains.

Buffy était enchantée. Une autre soirée tranquille avec ses deux meilleurs amis et quelque chose de bizarre mais d'inoffensif. Sa conception personnelle du paradis.

Alors Cordélia fonça vers eux, saisit la jeune fille par le bras et fit mine de l'entraîner.

— Viens par ici, siffla-t-elle. Richard et son copain de fraternité veulent faire ta connaissance.

Buffy résista.

— Ce n'est pas réciproque.

Cordélia lui jeta un regard venimeux.

— Si Dieu existait, je suis sûre qu'il n'aurait pas la cruauté de m'infliger une épreuve pareille, maugréa-t-elle.

Elle se remit à tirer sur le bras de la jeune fille.

— Hé, protesta Alex derrière elles. Je croyais qu'on traînait par ici.

Puis l'esclave de Cordélia sortit de sa bagnole de fils à papa et découvrit deux rangées de dents parfaitement alignées.

— Bonjour, mon cœur. Je suis Richard, et tu es... ?

— ... Pas du tout intéressée, répliqua sincèrement Buffy.

Elle se détourna et fit mine de s'en aller. Il ne lui restait que quelques minutes de liberté, et elle n'avait pas l'intention de les gaspiller en parlant avec cette réplique de Ken.

Mais Cordélia lui saisit le poignet.

Les vampires et autres créatures démoniaques n'auraient pas disparu…

Ils hantent le campus de Sunnydale (Californie) pour propager leur race. Mais voilà, face à eux, sur leur route, il y a Buffy Summers.
Une jeune et belle adolescente de seize ans qui va rapidement découvrir qu'elle est l'Élue qui devra débarrasser le monde des forces du Mal.
À ses côtés, vous allez découvrir dans les pages qui suivent quelques-uns de ses amis.
Giles, le bibliothécaire du campus. Il possède dans sa bibliothèque de nombreux ouvrages qui s'avèreront indispensables à Buffy dans son combat.
Angel, vampire maudit à l'âme humaine et follement aimé de Buffy, devient un formidable allié de la Tueuse. Ses capacités et sa force vampirique se révéleront très utiles.

Buffy contre les vampires c'est déjà 8 titres parus dans la collection *Les Terreurs* de Fleuve Noir et 6 titres à venir d'ici la fin de l'année :

n° 9.	*La chasse sauvage*	(avril)
n° 10.	*Retour au chaos*	(mai)
Guide :	*Tout sur Buffy, Angel et les Vampires*	(mai)
n° 11.	*Danse de mort*	(juin)
n° 12.	*Loin de Sunnydale*	(septembre)
n° 13.	*Le royaume du mal*	(octobre)
n° 14.	*Les fils de l'Entropie*	(novembre)

Les Terreurs, une collection sang pour sang Fleuve Noir.

Prix du guide : 119 FF   Prix des romans : 30 et 35 FF   49 FF - 480 pages

Sarah Michelle Gellar

Buffy contre les vampires

NÉE LE : 14 avril 1977, à New York, Manhattan

SIGNE ASTROLOGIQUE : Bélier.

SON PERSONNAGE : Buffy Summers, une lycéenne américaine de 16 ans. À la naissance, elle a reçu le don de combattre les vampires. Elle va donc tâcher de sortir victorieuse de cette lutte contre toutes les forces du Mal.

Un petit détail : Buffy est amoureuse de l'un de ces monstres, mais celui-ci est un gentil vampire.

SES QUALITÉS : l'indépendance et la maturité.

SES DÉFAUTS : quelquefois un peu trop discrète à son sujet.

CE QU'ELLE AIME : le shopping, faire du patin à glace et de la plongée. Son plat préféré : les pâtes.

CE QU'ELLE DÉTESTE : l'hypocrisie.

SES DÉBUTS : À l'âge de 4 ans, elle a été repérée dans un restaurant et, quelques semaines plus tard, elle commençait le tournage de « An Invasion of Privacy ».

CÔTÉ CŒUR : elle assure n'avoir personne de fixe pour le moment.

© Twentieth Century Fox.

Buffy contre les vampires

David Boreanaz

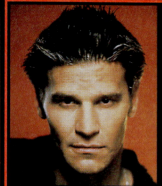

NÉ LE : 16 mai 1971.
LIEU DE NAISSANCE : Philadelphie.
SIGNE ASTROLOGIQUE : Taureau.
SON PERSONNAGE : Angel, un vampire âgé de 241 ans. Il connaît un tel succès qu'il a désormais sa propre série, dérivée de « Buffy contre les vampires ». Comme il se doit, elle s'intitulera « Angel ».
SES QUALITÉS : franchise et générosité.
SES DÉFAUTS : vulnérable et sensible
CE QU'IL AIME : la musique (rock'n roll, blues), lire, faire du sport (golf, basket-ball, base-ball).
CE QU'IL DÉTESTE : la bière chaude.
SON PLAT PRÉFÉRÉ : la nourriture italienne et les œufs « Bénédicte ».
SES DÉBUTS : petit ami de Kelly Bundy (C. Applegate) dans la série « Mariés, deux enfants » (1987).
CÔTÉ CŒUR : Il a épousé une certaine Ingrid, séduisante Irlandaise. Mais les jeunes mariés viennent récemment de divorcer.

© Twentieth Century Fox

TÉLÉ POCHE

Buffy contre les vampires

Alyson Hannigan

NÉ LE : 24 mars 1974, à Washington DC.
SIGNE ASTROLOGIQUE : Bélier.
SON PERSONNAGE : Willow Rosenberg. Une élève surdouée qui aide souvent Buffy dans ses devoirs et Rupert Giles dans ses recherches. Elle est amoureuse de Alex qui lui préfère Cordelia.
SES QUALITÉS : intelligente, modeste et très extravertie, elle a un grand sens de l'humour.
SES DÉFAUTS : très speed, excessive, bavarde.
CE QU'ELLE AIME : le vélo, la boxe américaine, internet, jouer avec ses chiens et ses chats.
CE QU'ELLE DÉTESTE : la vivisection, les soirées guindées.
SES DÉBUTS : à 4 ans, à Atlanta, dans des pubs télévisées pour Mc Donald's, Oreo Cookies et Six Flags (parc d'attractions), dans les séries : "Picket Fences", "Roseanne" et Touched by an Angel, puis dans son premier film : "My stepmother is an alien", avec Kim Basinger.
CÔTÉ CŒUR : pas de petit ami fixe pour le moment.

© Twentieth Century Fox.

TÉLÉ POCHE

Anthony Stewart Head

NÉ LE : 20 février 1954, à Camdentown, près de Londres, en Angleterre.
SIGNE ASTROLOGIQUE : Poissons.
SON PERSONNAGE : Rupert Giles se montre angoissé depuis que Jenny Calendar, dont il était amoureux, a été assassinée par Drusilla, par l'intermédiaire d'Angel.
QUALITÉS : gentil, généreux et attentionné, il est également très intelligent.
DÉFAUTS : a peur du mariage, mais il assure que ce n'est pas un défaut : « Pourquoi vouloir réparer quelque chose qui n'est pas cassé. »
CE QU'IL AIME : il aime la créativité sous toutes ses formes, plus particulièrement l'écriture et la musique.
CE QU'IL DÉTESTE : il déteste le climat londonien, mais aussi la pollution et les embouteillages de Los Angeles.
SES DÉBUTS : il a fait ses débuts de comédien à l'âge de 6 ans, dans la pièce de théâtre « The emperor's new clothes ».
CŒUR : Il vit depuis longtemps avec sa compagne Sarah Fisher et leurs filles, Emily et Daisy.

Charisma Carpenter

NÉE LE : 23 juillet 1970.
LIEU DE NAISSANCE : Las Vegas.
SIGNE ASTROLOGIQUE : Lion.
SON PERSONNAGE : Cordelia Chase. Un personnage pas toujours très sympathique mais dont Alex est follement amoureux.
SES QUALITÉS : très déterminée et persévérante. Elle a notamment appris de sa mère à ne pas prendre les rejets aux auditions pour un rejet de sa personne.
SES DÉFAUTS : parfois trop sage et trop raisonnable.
CE QU'ELLE AIME : les animaux et son chien Sydney, un golden retriever. Les spaghettis.
CE QU'ELLE DÉTESTE : les gens qui lui mentent et les arrivistes.
SES DÉBUTS : dans « Alerte à Malibu ».
CÔTÉ CŒUR : pas de petit ami actuellement mais sait déjà qu'elle veut que l'élu de son cœur « l'aime sincèrement en tant que personne ». Son but serait de se marier et de vivre à l'aise dans une maison de Los Angeles.

Buffy contre les vampires — 6

Seth Green

NÉ LE : 8 février 1974, à Overlook Park, près de Philadelphie.
SIGNE ASTROLOGIQUE : Verseau.
SON PERSONNAGE : Oz, ne devait apparaître que pour trois épisodes mais il a eu tellement de succès qu'il est devenu un personnage régulier de la série. On l'a vu plus récemment au cinéma dans "Austin Powers 2".
QUALITÉS : dynamique, drôle, entreprenant.
DÉFAUTS : un peu immature, impatient.
CE QU'IL AIME : ses fans, la bonne musique, notamment Tom Waits.
CE QU'IL DÉTESTE : les gens qui se prennent au sérieux.
SES DÉBUTS : À l'âge de 7 ans, il a tourné diverses publicités télévisées pour John Denver Record. À 8 ans, il jouait dans « Hotel New Hampshire », puis, à 12 ans, dans « Radio Days » réalisé par Woody Allen.
CŒUR : On ne lui connaît aucune petite amie pour le moment. Mais Seth Green a sans doute une grande expérience des conquêtes passagères. Un jour, il a déclaré à la presse : « Dans une relation, il faut savoir rester soi-même, avoir sa vie, car lorsque les choses tournent mal, on peut mieux encaisser le coup. »

© Twentieth Century Fox.

TÉLÉ POCHE

Buffy contre les vampires — 7

Nicholas Brendon

NÉ LE : 12 avril 1971.
LIEU DE NAISSANCE : Los Angeles.
SIGNE ASTROLOGIQUE : Bélier.
SIGNE PARTICULIER : a un frère jumeau, prénommé Kelly.
SON PERSONNAGE : Alex.
SES QUALITÉS : passionné et sensuel.
SES DÉFAUTS : intransigeant et impatient.
CE QU'IL AIME : il aime le basket, le camping, et passer du temps avec sa famille.
CE QU'IL DÉTESTE : il déteste se sentir prisonnier d'une situation, ne pas avoir le temps de faire ce qu'il aime ou vivre dans un espace confiné.
SES DÉBUTS : Nicholas commence sa carrière en tournant des spots télévisés. Après plusieurs apparitions dans « Mariés, deux enfants » et « Les feux de l'amour », il fait ses débuts au cinéma en tant qu'acteur et assistant de production dans « Dave's world ».
CÔTÉ CŒUR : il a une petite amie, nommée Wendy, et vit avec son frère à Los Angeles.

© Twentieth Century Fox.

TÉLÉ POCHE

En quelques lignes, faites connaissance avec "La Vampire" de Christopher Pike

L'auteur

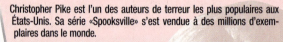

Christopher Pike est l'un des auteurs de terreur les plus populaires aux États-Unis. Sa série «Spooksville» s'est vendue à des millions d'exemplaires dans le monde.

Mêlant horreur absolue, érotisme et frénésie à une action toujours en mouvement, Christopher Pike crée avec *La Vampire* une héroïne qui va hanter vos nuits…

Extrait du premier chapitre de "La promesse"

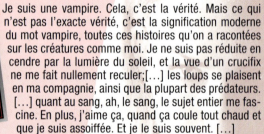

Je suis une vampire. Cela, c'est la vérité. Mais ce qui n'est pas l'exacte vérité, c'est la signification moderne du mot vampire, toutes ces histoires qu'on a racontées sur les créatures comme moi. Je ne suis pas réduite en cendre par la lumière du soleil, et la vue d'un crucifix ne me fait nullement reculer;[…] les loups se plaisent en ma compagnie, ainsi que la plupart des prédateurs. […] quant au sang, ah, le sang, le sujet entier me fascine. En plus, j'aime ça, quand ça coule tout chaud et que je suis assoiffée. Et je le suis souvent. […]

Tant que je ne parle pas, je parais avoir seulement dix-huit ans. Il y a cependant quelque chose dans ma voix - la froideur avec laquelle je m'exprime, une certaine intonation trahissant mon expérience infinie des choses et des êtres de ce monde - qui fait dire aux gens que je suis beaucoup plus agée. […] Mon système immunitaire est inattaquable; mon système régénérateur tient du miracle, si vous croyez aux miracles - ce qui n'est pas mon cas. Je peux recevoir un coup de couteau dans le bras et guérir en quelques instants sans qu'il y ait de cicatrice. […]

Pourquoi est-ce que je raconte tout ça ? À qui est-ce que je parle ? Je jette ces mots, ces pensées, simplement parce que c'est le moment. Le moment de quoi, je l'ignore, et cela n'a pas d'importance […]

L'instant est empreint de mystère, même pour moi. Je suis devant la porte du détective Michael Riley. Il est tard; l'homme est dans son bureau privé au bout du couloir, et il a baissé la lumière - je le sais sans le voir. Le bon M. Riley m'a appelée il y a trois heures pour me dire que je devais venir à son bureau afin qu'on ait une petite conversation à propos de certaines choses qui pourraient m'intéresser. Il y avait comme une note de menace dans sa voix, et autre chose. Bien que je ne sache pas lire dans les esprits, je suis capable de percevoir les émotions. J'éprouve un sentiment de curiosité, là, dans ce couloir étroit qui sent le renfermé. Je suis aussi contrariée, et cela n'augure rien de bon pour M. Riley. Je donne un léger coup à la porte et l'ouvre avant qu'il n'ait le temps de répondre. […]

— Excellente comédienne, pas vrai ? s'esclaffa-t-elle en enfonçant ses griffes peintes de rouge dans l'avant-bras de Buffy.
— Elle aime se faire désirer, c'est ça ? demanda Richard.
— Non, mon vieux, intervint son copain. C'est plutôt toi qu'elle ne doit pas trouver très désirable.
Buffy en profita pour s'éloigner. Mais le jeune homme sortit de la Beemer et la rattrapa.
— Ne fais pas attention à Richard, dit-il avec un sourire timide. C'est la tactique que j'adopte en général, et ça fonctionne bien.
Buffy hésita. Ce type-là semblait un peu plus normal.
— Je suis Tom Warner, se présenta-t-il. En deuxième année de DEUG à la fac de Crestwood, et je me sens complètement idiot de t'aborder de cette façon. (Il croisa résolument les bras sur sa poitrine.) Voilà, je me tiens devant toi dans toute ma splendide idiotie.

*
* *

Alex, qui avait écouté toute la conversation, ricana :
— Ben voyons ! Tu crois vraiment qu'elle va mordre à un hameçon aussi grossier ?

*
* *

D'accord, je ne l'embrocherai pas tout de suite, songea Buffy.
Tom avait l'air gentil ; c'était un type normal et, comble du bonheur, il semblait s'intéresser à elle.
— Buffy Summers, se présenta-t-elle à son tour.

— Ravie de faire ta connaissance. Tu es en terminale ?

La jeune fille ne fut pas dupe, mais néanmoins sensible à ce compliment détourné.

— En première, corrigea-t-elle.

— Comme moi il y a quelques années. Ça nous fait déjà un point commun, se réjouit Tom. Au fait, je suis en DEUG d'histoire.

— Ah. Pas mon point fort, ça, marmonna Buffy. J'ai déjà du mal à me souvenir de ce qui s'est passé la semaine dernière.

— Il ne s'est rien passé la semaine dernière, lui assura Tom. Tu peux me croire : j'y étais.

Buffy sourit tout en dressant mentalement une liste des qualités de Tom. Sens de la repartie. Sympathique. Bon goût en matière de filles. Pas si mal, pour un membre de fraternité.

*
* *

— Elle va lui balancer une vanne et tourner les talons. Maintenant, prédit Alex à Willow.

*
* *

Tom dut sentir que l'hostilité de Buffy fondait comme neige au soleil, car il dit :

— Mon ami a invité la tienne à l'accompagner à notre soirée de demain.

Comme si cette idée était la plus hilarante qu'on lui eut jamais soumise, Cordélia éclata d'un rire qui sonnait faux.

— Ha ! ha ! ha !

Tom baissa la voix.

— En réalité, Richard n'est pas mon ami, avoua-t-il. Je n'aime pas trop l'ambiance des fraternités ; je ne me suis inscrit à celle-là que parce que mon grand-père et mon père en avaient fait partie avant moi, et que ça leur tenait à cœur.

*
* *

Alex se concentra pour envoyer des ondes télépathiques à Buffy.
— Vous, ses chaussures, vous faites demi-tour et vous l'éloignez de ce type.

*
* *

— Je sais que je parle trop. Bref, ces soirées sont toujours terriblement ennuyeuses et pleines de gens terriblement ennuyeux. Veux-tu me sauver d'un destin terriblement ennuyeux ?
Buffy était tentée. Pourtant, elle répondit :
— J'aimerais bien, mais j'ai déjà quelque chose de prévu.
— Oh. (Les épaules de Tom s'affaissèrent.) J'aurais dû m'en douter. Merci de m'avoir laissé déblatérer.
Buffy se sentit désolée pour lui.
— De rien. Les gens sous-estiment toujours l'importance d'une bonne *déblatération*, dit-elle chaleureusement.
Tom sourit, comme s'il lui était reconnaissant de ses efforts pour le rabrouer le plus gentiment possible.
— Buffy ! appela Giles sur un ton irrité.

La jeune fille se retourna. Son Gardien se tenait sur le seuil du lycée, tapotant sa montre d'un air mécontent.

— Il faut que j'y aille, soupira-t-elle. J'ai été ravie de te rencontrer.

Tom lui rendit un sourire éclatant.

— Moi aussi.

*
* *

Willow hocha la tête en voyant Buffy s'éloigner. Le type auquel elle était en train de parler la suivit du regard, visiblement intrigué.

La jeune fille poussa un soupir. Ça devait être agréable... D'un autre côté, les garçons plus âgés l'effrayaient un peu.

Près d'elle, Alex lâcha un grognement de dégoût.

— Je hais ces types. Tout ce qu'ils veulent leur tombe droit dans les bras. Et toi, tu ne les hais pas ?

Willow eut un sourire en coin.

— Ça doit être à cause de leur vie de débauche, de leur air extrêmement viril et de la fortune de leurs parents... (Puis, réalisant qu'elle venait de frapper Alex au plexus de son machisme, elle lui assura :) Je les hais.

*
* *

Qu'est-ce qui n'allait pas chez cette gamine ? Toutes ses tentatives pour la préparer à son devoir de Tueuse semblaient compter pour du beurre. Elle le désarçonnait continuellement, réduisait à néant tous ses efforts.

Giles ne put dissimuler l'irritation dans sa voix tandis qu'il lui faisait face, vêtu de sa combinaison rembourrée. Buffy, elle, ne portait qu'un mince T-shirt et un bas de jogging.

— Je vais t'attaquer, annonça le bibliothécaire. Et pour ton propre bien, je ne retiendrai pas mes coups. Tu es prévenue.

— Je tremble de peur, ricana Buffy.

Il se précipita vers elle en brandissant une épée courte. D'un coup de pied, la jeune fille la lui fit lâcher. Il contra aussitôt avec un *jo,* qu'elle cassa en deux sur son genou sans même ciller.

Il plongea. Elle esquiva. Il alla s'écraser sur la grande table.

Malédiction ! Il ne faisait que la conforter dans son impression erronée qu'elle n'avait pas besoin de s'entraîner.

— Très bien ! cria-t-il. Tu dois patrouiller ce soir. Je ne te retiens pas. Rendez-vous demain matin, même heure, même endroit que d'habitude.

A moins qu'il ne lui arrive quelque chose pendant la nuit.

Parfois, il avait envie de la prendre par les épaules pour la secouer comme un prunier et introduire une once de bon sens dans son esprit perverti par le *no man's land* culturel dans lequel elle vivait.

*
* *

La journée était terminée et Buffy arpentait les rues de Sunnydale.

Enveloppée par les ténèbres, elle franchit d'un bond le mur du cimetière et se faufila entre les rangées de tombes, tous les sens en alerte, une batterie de pieux accrochés à sa ceinture.

Elle avait l'impression que quelqu'un l'observait. Tant mieux : elle avait besoin de passer ses nerfs sur quelqu'un, et comme elle n'avait pas osé le faire sur Giles...

Malgré les remontrances du bibliothécaire sur sa prétendue négligence, Buffy avançait sur la pointe des pieds. Il avait du culot de lui faire la leçon ! Qui était la Tueuse ? Qui risquait sa vie chaque nuit pendant qu'il se plongeait dans ses vieux bouquins poussiéreux ?

Le clair de lune fit briller un objet sur le sol. Buffy s'agenouilla pour l'examiner.

C'était un morceau de gourmette. Elle le fit tourner entre ses doigts. Les lettres E, N et T étaient finement gravées d'un côté de la plaque.

— Il y a du sang dessus, dit une voix.

Buffy sursauta et se releva d'un bond. Faisant face au nouveau venu, elle se détendit... en quelque sorte.

Angel la toisait de toute sa hauteur. Pour cacher sa joie de le voir, Buffy bafouilla :

— Oh, bonsoir. Je suis contente de... Du sang ?

Elle baissa un regard interrogateur vers la gourmette.

— Je le sens, répondit simplement Angel.

Buffy fronça les sourcils.

— Elle est très fine. Sans doute un bijou de fille, fit-elle remarquer.

Angel jeta un regard autour d'eux.

— Sans doute.

Buffy eut un petit rire.

— Je me disais juste... Il ne serait pas amusant de se voir dans des circonstances où le sang de personne ne serait impliqué ? Histoire de changer un peu.

Elle attendit qu'Angel réponde quelque chose, mais il se contenta de la dévisager d'un air incrédule.

— Pas amusant ha ha ha, précisa-t-elle.

Le vampire se mordit le coin de la lèvre.

— Tu voudrais qu'on... sorte ensemble ?

— Nooon.

Pourquoi avait-elle dit ça ? Quelle honte y aurait-il à vouloir sortir avec Angel ? Après tout ce qu'ils avaient traversé ensemble... Après la façon dont il l'avait embrassée et celle dont elle avait rêvé de lui toutes les nuits....

— Tu ne veux pas qu'on sorte ensemble, constata Angel.

Hé, pas si vite ! songea anxieusement la jeune fille.

— Qui a parlé de sortir ensemble ? Je pensais juste qu'on pourrait...

— ... Aller boire un café, ou quelque chose dans ce genre ? acheva Angel.

Lisait-il dans ses pensées ? Comment pouvait-il savoir... ?

— Un café, répéta Buffy.

— Je savais que ça finirait par arriver, dit Angel sur un ton résigné.

— Quoi donc ? Qu'est-ce qui arrive ? demanda la jeune fille d'une voix suraiguë.

Calme-toi, se morigéna-t-elle. *Reste cool.*

— Tu as seize ans et moi deux cent quarante-et-un.

Aïe aïe aïe.

— J'ai déjà fait le calcul, s'offusqua Buffy, en essayant de ne pas penser que le résultat de la soustraction était deux cent vingt-cinq.

— Tu ne sais pas ce que tu fais, tu ne sais pas ce que tu veux, poursuivit Angel, foulant aux pieds tout ce qui était foulable dans son ego.

Buffy détestait son petit air supérieur. C'était celui de quelqu'un qui ne rêvait pas d'elle toutes les nuits, qui se moquait bien d'être avec elle ou pas... A moins qu'Angel, lui, sache exactement ce qu'il ne voulait pas.

— Vraiment ? Moi, je crois que si, répliqua-t-elle : je veux mettre un terme à cette conversation.

Elle se détourna et fit mine de le planter là. Mais il la retint par les épaules et la força à le regarder.

— Ecoute, si nous sortons ensemble, tu sais comme moi qu'une chose va en entraîner une autre.

C'était un de ces moments bizarres et intenses comme ils en partageaient à chacune de leurs rencontres. Tueuse, vampire ; fille, garçon. Tout se mélangeait.

Buffy ne savait pas très bien où elle en était. Mais elle savait une chose : Angel faisait partie de sa vie qu'elle le veuille ou non, et qu'il s'en aperçoive ou non.

— Une chose en a déjà entraîné une autre, répliqua-t-elle. Tu ne crois pas que c'est un peu tard pour me lire la clause en petits caractères ?

— J'essaye juste de te protéger, dit très sérieusement Angel.

Il était tout près d'elle et elle mourait d'envie de l'embrasser, de lui faire tout ce que les filles de son âge faisaient aux garçons dont elles étaient amoureuses.

— Ça risquerait de déraper.

Buffy leva la tête vers lui.

— Et alors, où serait le problème ? souffla-t-elle d'une voix rauque.

Sans crier gare, il l'attira brutalement contre sa poitrine. Un frisson de crainte et d'excitation courut le long de sa colonne vertébrale tandis qu'elle observait l'expression coléreuse de son visage.

Allait-il l'embrasser ou l'attaquer ? A moins que pour eux, ce ne soit la même chose...

— Nous ne vivons pas dans un conte de fées, déclara sèchement Angel. Quand je t'embrasse, tu ne te réveilles pas d'un long sommeil pour qu'on se marie et qu'on ait beaucoup d'enfants.

— Non.

Elle ne le savait que trop bien. Entre ses bras, si près de lui qu'elle respirait dans son cou, elle lâcha :
— Quand tu m'embrasses, j'ai envie de mourir.

Elle soutint son regard quelques instants – ne s'en était-il pas aperçu ? – puis se détourna et s'enfuit.

*
* *

Le jour.
Le lycée.
Buffy était en train de rassembler ses manuels scolaires quand Cordélia fit irruption dans la salle de classe.
— Mais tu as maigri, ma parole ! s'exclama-t-elle sans reprendre son souffle. Et tes cheveux...

La jeune fille s'interrompit et haussa les épaules, bien que Buffy ne lui prêtât pas la moindre attention.
— D'accord, je te respecte trop pour te mentir. Tes cheveux sont un peu...

Elle éclata de rire.
— Bon, ce n'est pas le problème. Les Delta Zêta Kappa doivent maintenir un certain équilibre dans leur soirée ; Richard m'a tout expliqué, mais j'étais si occupée à faire semblant de l'écouter que je n'ai rien entendu.

« En résumé, il faut que tu y ailles. Sinon, ils ne voudront pas de moi, dit-elle en se touchant la poitrine et en reniflant comme si elle luttait contre ses larmes.

Buffy lui jeta un regard gêné.
— C'est de Richard Anderson que nous parlons, insista Cordélia d'une voix suppliante. Le fils du propriétaire d'Anderson Farms, Anderson Aeronautics... (Elle faillit s'évanouir à cette idée.) Anderson Cosmetics.

Puis elle se reprit.

— Tu comprends pourquoi je dois absolument y aller ? Ces garçons sont riches. Et je ne suis pas égoïste : pense à tous les pauvres que je pourrais aider avec mon... leur argent.

— Très bien, j'irai, répondit Buffy, morose.

— C'est vrai ? s'exclama Cordélia, dont les larmes séchèrent instantanément. Génial ! C'est moi qui conduis ! Oh, Buffy, c'est comme si nous étions des sœurs... Avec des cheveux très différents !

Elle s'éloigna, virevoltant sous le regard éteint de Buffy.

*
* *

Des silhouettes en robe noire se tenaient dans la grotte souterraine, à l'aplomb du QG de la fraternité. On y accédait comme à une cave, par un large escalier partant du rez-de-chaussée de la bâtisse, mais ses parois avaient été taillées à même la roche.

La lumière des bougies se reflétait sur le bord d'une fosse située au fond de la pièce. Là, un jeune homme nu jusqu'à la taille, l'air effrayé et impatient à la fois, regarda Richard pointer une épée sur sa poitrine.

— Je dédie ma vie et ma mort, entonna Richard, sa capuche rejetée en arrière découvrant son visage.

— Je dédie ma vie et ma mort, répéta le jeune initié d'une voix qui tremblait.

— ... Aux Delta Zêta Kappa et à Machida, que nous servons, reprit Richard en traçant un symbole dans la chair du jeune homme, qui ne broncha pas.

— ... Aux Delta Zêta Kappa et à Machida, que nous servons.

Tous les autres gardaient le silence.

— Sur mon serment, devant mes frères assemblés, poursuivit Richard tandis que du sang coulait de la poitrine de l'initié.

— Sur mon serment, devant mes frères assemblés...

— ... Je promets de garder notre secret depuis ce jour jusqu'à ma mort, acheva Richard.

— ... Je promets de garder notre secret depuis ce jour jusqu'à ma mort, répéta fermement le jeune homme.

Richard baissa son épée.

— Dans le sang je fus baptisé, dans le sang je régnerai, en Son nom !

— Dans le sang je fus baptisé, dans le sang je régnerai, en Son nom ! entonna l'initié, plein de ferveur.

— Tu es maintenant l'un d'entre nous, le félicita Richard.

— En Son nom, clamèrent toutes les autres silhouettes. En Son nom.

— Faites péter la Brewski ! hurla Richard.

Quelqu'un ouvrit une glacière et jeta des canettes de bière dans la foule. La stéréo hurla.

Il ne fallut que quelques secondes au rituel initiatique sanglant et brutal pour se transformer en une soirée étudiante banale, où les membres de la fraternité flanquaient de grandes claques dans le dos de leur nouveau compère pour le féliciter.

Richard lui sourit, puis se tourna vers la fille qu'ils avaient rattrapée la veille. Enchaînée au mur, elle ne semblait guère apprécier les festivités.

— Qu'est-ce qu'une gentille fille comme toi fait dans un endroit pareil ? railla Richard.

— Laissez-moi partir, supplia la malheureuse.

Il inclina la tête, faisant mine de réfléchir.

— Te laisser partir ? Voyons... Non, je ne crois pas que ce soit possible.

La fille éclata en sanglots.

— Dieu, j'adore les lycéennes ! dit-il avant de boire une gorgée de bière, son pied battant la mesure du pied.

C'était ça, la vraie vie.

CHAPITRE II

— Tu vas vraiment aller à la soirée de la fraternité ? répéta Willow, qui n'en croyait pas ses oreilles.

Ils étaient assis dans la salle d'étude. Officiellement, Alex lisait un magazine sur le skate-board. Officieusement, il ne perdait pas un mot de ce que racontaient les filles. Elles le savaient, et il savait qu'elles le savaient.

— Qu'est-ce qui t'a fait changer d'avis ? insista Willow.

— Angel, soupira Buffy, abattue.

Son amie fut encore plus déconcertée.

— Il y a avec toi ? (Elle se tourna vers Alex.) Buffy et Angel vont sortir ensemble ! N'est-ce pas excitant ?

— J'en suis tout retourné, railla le jeune homme.

Buffy savait qu'ils n'arriveraient jamais à comprendre si elle ne leur racontait pas toute l'histoire.

— Je n'y vais pas avec Angel mais avec... croyez-le ou non... Cordélia.

— Cordélia ? s'étrangla Willow. Est-ce que j'ai l'air jalouse ? Parce que je ne le suis pas du tout, en fait. (Elle secoua la tête.) Cordélia...

— Je n'aurais jamais cru vanter ses mérites un jour, mais elle vaut quand même mieux qu'Angel, fit remarquer Alex.

Tandis qu'ils sortaient de la salle d'étude et traversaient le couloir, Willow demanda :

— Que s'est-il passé avec Angel ?

Buffy n'avait pas vraiment envie d'en parler. Elle se sentait stupide d'avoir parlé ainsi au sujet de ses rêves, surtout après qu'Angel lui eut servi son fameux monologue du « je dois te protéger malgré toi contre ma nature monstrueuse ».

Elle était capable d'embrocher des vampires jusqu'à la fin de ses jours, et de garder le secret sur sa double vie de Tueuse – même vis-à-vis de sa mère –, mais pas de se protéger contre ses sentiments pour Angel ?

— Rien du tout, répondit-elle platement. Comme d'habitude.

Un sourire fendu d'une oreille à l'autre, Alex lâcha sur un ton compatissant :

— Quel dommage...

— Je ne comprends pas, protesta Willow. Il t'aime bien. Plus que bien, en fait.

— Angel ne m'adresse jamais plus de deux mots d'affilée, répliqua Buffy, misérable.

— Ça, c'est dur, acquiesça Alex.

— Et quand il le fait, c'est pour me traiter comme une enfant.

— Quel salaud !

— Au moins, poursuivit Buffy sans tenir compte de ces interruptions, Tom peut soutenir une conversation normale.

Cette idée la rasséréna quelque peu... A moins qu'elle ne se forçât à le croire.

— Un type bien, ce Tom, approuva Alex. (Puis, avec un coup de coude à Willow :) Qui est-ce ? chuchota-t-il.

— Le garçon de la fraternité, expliqua la jeune fille à voix basse.

— Oh, non... Buffy ! la réprimanda Alex. (Il fit mine de soupeser quelque chose dans chacune de ses deux mains.) Charybde, Scylla... Tu vois ce que je veux dire ?

*
* *

Dans la bibliothèque, Giles brandit son épée courte, pivota et se fendit à plusieurs reprises en s'écriant :

— Seras-tu prête si un vampire jaillit derrière toi ?

Puis il porta le coup de grâce : une attaque vers le bas qui transperça le cœur mort de la créature maléfique, et...

Buffy, Willow et Alex franchirent le seuil de la pièce.

Giles se redressa, l'air embarrassé.

— Oh. Je ne vous avais pas entendus venir. (Il alla ranger l'épée dans le placard aux armes.) Comment ça s'est passé la nuit dernière ?

Buffy lui montra le fragment de gourmette.

— J'ai trouvé ça dans le cimetière.

Willow se rapprocha pour l'examiner en même temps que Giles, pendant qu'Alex se perchait sur le comptoir pour finir son magazine. Le bibliothécaire nota avec satisfaction que le jeune homme semblait avoir d'autres centres d'intérêt que Buffy.

— E, N, T, lut-il à voix haute.

— J'ai déjà vu ça quelque part, murmura Willow.

— Elle est cassée en deux, déclara Buffy. Je ne sais pas quelles étaient les lettres manquantes. Et il y a du sang dessus.

Ses perceptions se sont remarquablement aiguisées, songea Giles, très fier. *Jamais elle n'aurait vu ça auparavant.*

— Je ne l'avais pas vu, avoua-t-il.

— C'est Angel... (La gorge de Buffy se serra en prononçant ce mot.) ... qui me l'a dit. Il le sentait.

— Tout à fait le type de garçon avec qui on a envie de faire la fête, railla Alex depuis son perchoir.

— Du sang, répéta Giles, en dressant mentalement une liste de preuves.

Preuves de quoi ? Il n'en savait encore rien, mais son petit doigt lui disait qu'il ne tarderait pas à le découvrir.

— A Sunnydale, ajouta Willow avec une innocence feinte. Quelle surprise !

Alex referma son magazine et se laissa glisser à terre.

— Bon, voilà ce que nous allons faire. Buffy va patrouiller ce soir, comme d'habitude, pendant que nous chercherons à qui appartient cette gourmette.

Giles hocha la tête.

— Bonne idée. Buffy va patrouiller, et nous...

— Hou ! hou ! Buffy est juste sous votre nez, et elle vous annonce qu'elle n'est pas disponible ce soir, déclara la jeune fille.

Giles fut surpris.

— Et pourquoi donc ?

— Buffy, s'indigna Alex, c'est tout de même plus important que...

L'adolescente fit la grimace.

— J'ai une montagne de devoirs à faire. En plus, ma mère ne se sent pas bien et il vaudrait mieux que je veille sur elle. Sans compter que je ne suis pas très en forme non plus... Je dois couver quelque chose.

— Oh. Désolé, s'excusa Giles. Evidemment, si tu es malade...

— Je ferai un petit tour en début de soirée et un autre avant d'aller me coucher, mais le reste du temps...

Brave petite. Malgré sa santé défaillante, elle ne se dérobait pas à ses devoirs.

— Reste donc avec ta mère, lui accorda Giles, grand seigneur.

*
**

Les Trois Mousquetaires sortirent de la bibliothèque. Alex dévisagea sévèrement Buffy qui, les bras croisés sur la poitrine en un air de défi, lui rendit son regard.

— Vas-y, dis-le.

Le jeune homme haussa les épaules.

— Ne compte pas sur moi...

Comme d'habitude, Willow accourut à la rescousse.

— Tu as menti à Giles.

Alex pointa un doigt vers elle.

— ... Parce que je sais qu'elle va s'en charger, acheva-t-il.

— Je n'ai pas menti, protesta Buffy. Je lui ai épargné des révélations qu'il n'était pas en état de... digérer convenablement.

Elle mesura à quel point son excuse était bancale.

— Tu veux dire, comme un hot-dog ? suggéra Alex.

— Ou plutôt comme : « Ma mère n'est pas malade du tout. Je préfère juste me rendre à une soirée avec des garçons plus vieux qui vont sans doute boire de l'alcool et organiser une orgie. » ? dit Willow sur un ton accusateur.

Alex écarquilla les yeux.

— Ouah ! Rembobine ! Depuis quand ces orgies ont-elles lieu, et pourquoi ne suis-je pas sur la liste des invités ?

— Il n'y a pas d'orgies, répliqua Buffy avec une assurance qu'elle était loin de ressentir.

Willow n'eut pas l'air convaincu.

— J'ai entendu dire que ce genre de soirées est vraiment... débridé.

Buffy s'arrêta de marcher.

— Ecoutez... Sept jours par semaine, je suis occupée à sauver le monde. Une fois de temps en temps, j'ai envie de m'amuser un peu, pour changer. Et c'est exactement ce que je vais faire ce soir : m'amuser.

*
**

Assise en face de Buffy dans la salle d'étude, Cordélia lui prodiguait ses dernières recommandations.

— Ce soir, il n'est pas question de t'amuser, mais de faire ton devoir. Et ton devoir, c'est de m'aider à obtenir une prospérité permanente, d'accord ?

Elle marqua une pause pour laisser à ces importantes révélations le temps de pénétrer dans le cerveau de Buffy.

— Passons à ce qu'il faut faire et ne pas faire. Ne pas faire : porter du noir, de la soie ou du spandex – mes marques de fabrique –, te choucrouter les cheveux comme tu le fais d'habitude...

Buffy fronça les sourcils.

— Me quoi ?

— Ne m'interromps pas, coupa Cordélia. A faire : te montrer intéressée si jamais quelqu'un t'adresse la parole... ce dont je doute ; être polie et rire à intervalles appropriés. Comme ça : ha ! ha ! ha !

Buffy eut envie de lui demander si elle avait vu *Amadeus* sur le câble. Le vieux compositeur Salieri avait tué son jeune rival Mozart à cause d'un rire dans ce genre.

Alex et Willow pénétrèrent dans la pièce ; ils se dirigèrent vers le distributeur de boissons et de friandises.

— Et surtout, ne dis pas à ta mère où nous allons, reprit Cordélia. C'est une soirée de fraternité, et les gens vont boire de l'alcool.

Sur cette note optimiste, Alex et Willow se rapprochèrent.

— Alors, Cordy, as-tu déjà fait imprimer les cartes de visite avec ton numéro de portable et tes heures d'ouverture ? demanda le jeune homme.

— Tu es jaloux, lâcha Cordélia, imperturbable. Il n'y a pas de quoi. Toi aussi, tu pourrais faire partie d'une fraternité d'hommes riches et puissants... Dans le monde des cinglés !

Buffy fit un grand sourire à ses amis pour les inviter à s'asseoir.

— Vous restez un peu avec nous ?

— Non, merci, déclina Alex. J'ai des trucs à digérer...

Willow et lui s'éloignèrent.

Cordélia reporta son attention sur Buffy en pianotant sur l'accoudoir de son siège comme si elle réfléchissait dur.

Pour la centième fois depuis le matin, Buffy se demanda quelle pulsion suicidaire l'avait poussé à accepter la proposition de Cordélia.

Aucune, conclut-elle.

Elle avait agi sous le coup de son amertume.

— Pour ce qui est du maquillage... (Cordélia se frotta le menton.) Fais de ton mieux et reste le plus dans l'ombre possible.

Elle se leva, indiquant que la réunion au sommet était terminée.

— Qu'est-ce qu'on va se marrer !

Buffy se tapa le front contre son pupitre.

*
* *

Willow et Alex s'assirent un peu plus loin.

— Je n'arrive pas à croire qu'elle ait menti à Giles, soupira la jeune fille. J'en suis toute chamboulée.

— Buffy qui ment, Buffy qui va à une soirée de fraternité... Je suis pire que chamboulé : retourné, surenchérit Alex.

— Ça veut dire la même chose, fit gentiment remarquer Willow.

— Oh.

Son ami lui prit leur Coca des mains et but une gorgée, pendant qu'elle lui soutirait leur sac de bonbons.

— Puisqu'on ne peut rien y faire, commença Willow, autant aider Giles...

— Je vais à la soirée, coupa Alex.

— Quoi ?

— Je veux garder un œil sur Buffy. Ces types me foutent les jetons.

— Tu veux la protéger, résuma Willow. (Il hocha la tête.) Et prouver que tu vaux autant que n'importe quel étudiant riche et snob. Et peut-être surprendre une orgie.

— Mais seulement si elle n'a pas lieu trop tard, précisa Alex.

Willow se remit à croquer des bonbons pendant qu'il finissait le Coca.

*
* *

La fête battait déjà son plein. Dans l'allée, des voitures freinaient en faisant crisser leurs pneus ; la musique pulsait comme les battements d'un cœur géant. Ce soir, l'ambiance était électrique au QG des Delta Zêta Kappa.

Sur ces entrefaites, le vaisseau personnel de l'ambassadrice de la Planète des Lycéennes Arrivistes – immatriculation QUEEN C. – vint se garer à son tour devant l'immense demeure.

Buffy se raidit dans son siège, prête pour le déploiement de son airbag. Cordélia heurta le pare-chocs de la voiture de devant et lâcha sur un ton exaspéré :

— Pourquoi faut-il que les gens me collent autant ? (Elle adressa un sourire à sa passagère.) Tu te sens d'attaque ?

Toutes deux s'étaient habillées « comme si » : robe chinoise de satin bleu glacier pour Cordélia, haut noir à fines bretelles et micro-minijupe pour Buffy, qui suivant les indications de sa compagne avait renoncé à se « choucrouter les cheveux ».

Elle hésita.

— Je ne sais pas trop. Ce n'est peut-être pas une bonne idée...

— Peut-être pas, acquiesça Cordélia, ravie. Mais qu'est-ce qu'on va s'amuser !

Elle se composa l'expression préconisée par le docteur Debbi et sortit de la voiture. Puis, voyant que Buffy demeurait rivée à son siège :

— Dépêche-toi !

Elle aurait aussi bien pu claquer des doigts.

Les deux jeunes filles se dirigèrent vers le porche. Cordélia prit la tête de l'invasion tandis que Buffy protégeait ses arrières.

*
**

Buffy avait toujours imaginé que le QG d'une fraternité ressemblerait à l'intérieur d'une poubelle : chaussettes sales dans les coins et posters de blondes à gros seins sur les murs.

Mais celui des Delta Zêta Kappa évoquait plutôt une demeure bourgeoise. Bien sûr, ça n'empêchait pas ses membres d'y faire une fête à tout casser.

La musique assourdissante couvrait le tintement des glaçons, et leurs aînés avaient obligé les bizuths à jouer le rôle de serveurs en sous-vêtements féminins, avec une pancarte « Ordonnez et j'obéirai » autour du cou.

Tous les garçons avaient l'air pleins aux as et toutes les filles étaient ravissantes.

Tandis que Cordélia et Buffy fendaient la foule comme si elles savaient ce qu'elles faisaient et où elles allaient, un colosse au cou de taureau et aux cheveux noirs, tétant une bouteille de bière, les suivit d'un regard libidineux.

Il flanqua un coup de coude à son voisin, qui arborait une brosse blonde.

— Jolies poupées, non ?

— Ouaiiiiis, s'enthousiasma l'interpellé.

Buffy et Cordélia atteignirent le fond de la pièce. Pendant que la première, mal à l'aise, s'adossait au mur pour évaluer la situation, la seconde se redressa, bomba le torse et accrocha sur son visage un sourire d'hôtesse de l'air prête à ramasser les cartes d'embarquement.

— Tu sais ce qui est vraiment cool à la fac ? demanda-t-elle. La diversité des gens qu'on y rencontre. Il y a les gens riches et les autres. (Elle fit un signe de la main.) Hou hou, Richard !

L'objet de ses attentions se dirigea vers les deux filles, découvrant des quenottes dignes de figurer dans une pub pour dentifrice.

— Bonsoir, gentes damoiselles.

Cordélia gloussa en rosissant. Buffy ne répondit pas.

Richard leva son verre et fit mine de porter un toast, puis le vida d'un trait tandis que Cordélia faisait de même avec le sien.

— Euh... Il n'y aurait pas de l'alcool là-dedans, par hasard ? s'enquit Buffy, prudente.

— Juste une larme, la rassura Richard.

— Allez, Buffy, trinque avec nous, la pressa Cordélia. Puisqu'il te dit que c'est juste une larme...

— Je ne crois pas..., protesta la jeune fille en reposant son verre.

— Je comprends, acquiesça gentiment Richard. A ton âge, moi aussi je répugnais à faire des trucs d'adulte.

L'air misérable, Buffy baissa la tête et se tordit les mains.

— Vous avez vu notre salle multimédia ? s'enquit Richard.

— Celle qui a des lambris en bois de noyer et les deux écrans géants en 16/9ème avec l'antenne satellite ? débita Cordélia d'un trait. Non. Tu veux me la montrer ?

Elle lui prit le bras et fit mine de l'entraîner. Richard tourna la tête vers Buffy.

— Et ta copine ?

— Oh, elle préfère rester seule, déclara Cordélia sur un ton qui n'admettait pas de réplique.

Ainsi refoulée, Buffy les regarda s'éloigner. Elle ne s'attendait pas à mieux de la part de Cordélia.

Un peu envieuse, elle observa les couples qui dansaient ou bavardaient autour d'elle. Pas un seul célibataire en vue. Elle commençait à regretter sérieusement de ne pas être restée chez elle.

*
* *

Alex repéra une fenêtre ouverte, enjamba le rebord et se glissa à l'intérieur du QG de la fraternité.

Il se releva juste à temps pour s'appuyer sur un comptoir à la surface poisseuse et attraper un verre sur un plateau qui passait à proximité. Le plateau en question était porté par un malheureux en couche-culotte, un biberon coincé sous un bras et la fameuse pancarte « Ordonnez et j'obéirai » autour du cou.

Un peu plus loin, un autre étudiant se baladait en bustier et porte-jarretelles noirs. *Et tout ça pour quoi ?* se demanda Alex. Le privilège d'entrer dans une association réputée, histoire de décrocher un boulot ennuyeux qui leur rapporterait un million de dollars par an.

Le jeune homme avait conscience qu'il risquait de faire tâche avec son polo rouge et son pantalon kaki. La plupart des invités portaient une chemise et une cravate, mais en cherchant bien, il en repéra quelques-uns habillés de façon aussi... naturelle que lui.

Alex vida son verre et plongea dans la foule avec un sourire de ravissement.

*
* *

Toute seule. Une fois de plus.

Tournant le dos à la piste de danse, Buffy se tordit nerveusement les mains, saisit son verre, le renifla et le reposa.

Elle aurait voulu avoir le pouvoir de mimétisme des caméléons pour se fondre avec le papier peint... Ah, non, il n'y avait pas de papier peint. D'accord : elle aurait voulu avoir le pouvoir de mimétisme des caméléons pour que sa robe prenne la teinte blanc Navajo de chez Dulux.

Des couples dansaient étroitement enlacés. Des tas de couples. Des garçons et des filles se rencontraient, se parlaient, flirtaient. C'était le pire endroit au monde où se retrouver seule.

De l'autre côté de la pièce, un étudiant très mignon sourit à Buffy sans la moindre trace de moquerie, et leva son verre comme pour lui porter un toast. Rassérénée, la jeune fille fit de même et but une toute petite gorgée de liquide.

La vache ! C'est drôlement fort ! songea-t-elle en réprimant une grimace.

Puis le type au cou de taureau et aux cheveux noirs dont « jolies poupées » constituait l'essentiel du vocabulaire, vint danser si près d'elle qu'on aurait cru qu'il voulait la piétiner. Buffy écarquilla des yeux incrédules.

— Hé, la nouvelle ! Oui, toi, bébé ! Viens t'amuser un peu ! l'exhorta-t-il, lui soufflant au visage une haleine à faire tomber les mouches.

Buffy tourna la tête de gauche à droite, à la recherche d'un moyen discret de s'éclipser.

Elle ne connaissait pas bien l'étiquette en vigueur dans ce genre de soirée. Même si l'ambiance était plus que détendue, les Delta Zêta Kappa n'apprécieraient sans doute pas de la voir dompter un de leurs frères à coups de pied dans la tête.

Au moment où le type tendait une main vers elle, Tom vola à son secours et l'entraîna un peu plus loin.

— M'accorderas-tu cette danse ?

Il la conduisit jusqu'à la piste au moment où résonnaient les premières notes d'un slow.

— Merci de..., commença Buffy.

— Pas de quoi, répondit Tom, embarrassé. Nous ne sommes pas tous des ivrognes lourdingues. (Il eut un sourire timide.) Certains d'entre nous sont des lourdingues sobres. Cela dit, je suis ravi que tu aies pu venir...

La jeune fille ne répondant pas, il plia les genoux pour la regarder droit dans les yeux.

— Apparemment, ce n'est pas réciproque, constata-t-il.

Buffy poussa un soupir.

— C'est juste que... je ne devrais pas être là, expliqua-t-elle.

— Parce que tu sors déjà avec quelqu'un, c'est ça ? demanda Tom.

— Non.

— Tu ne sors pas avec quelqu'un ?

C'était si douloureux à admettre.

— Disons que quelqu'un refuse de sortir avec moi, marmonna Buffy.

— Dans ce cas, pourquoi ne devrais-tu pas être là ? insista Tom.

Par où commencer ?

— Parce que j'ai des obligations, et que je dois veiller sur... certaines personnes. (La jeune fille haussa les épaules et eut un petit rire gêné.) C'est assez compliqué, en fait.

— Tu prends tes responsabilités au sérieux. C'est bien, acquiesça Tom. Mais ne cherche pas trop à mûrir avant l'âge. De temps en temps, il faut savoir se détendre.

Buffy lui jeta un regard intrigué.

— Tu me trouves trop mûre ?

— Oups, sourit Tom. Comme d'habitude, je parle trop. Mais tu as déjà dû t'en apercevoir... Quoi qu'il en soit, Hulk a disparu ; tu n'es plus obligée de danser avec moi...

Il fit mine de se dégager. Buffy resserra l'étreinte de ses bras.

— Il pourrait revenir, expliqua-t-elle, taquine.

Tom acquiesça gravement.

L'adolescente se colla contre lui, et ils continuèrent à onduler sur la piste comme deux jeunes gens normaux qui se plaisent durant une nuit normale au cours d'une fête normale.

*
* *

Alex avait toujours eu un don pour impressionner les filles.

Saisissant deux pinces de crabe farcies sur un plateau ambulant, il les agita en l'air et annonça avec son plus bel accent japonais :

— Godzilla attaque le centre de Tokyo ! Tous aux abris ! Aaaaaah...

Les deux jolis petits lots qu'il s'était dégotés éclatèrent de rire.

Je suis le roi de la comédie, se rengorgea Alex.

*
* *

A quelques pas de là, d'autres ne s'amusaient pas autant.

Richard conférait avec deux membres de la fraternité : un colosse à cheveux noirs et un type avec une brosse blonde.

— Qui est ce crétin ? demanda le premier.

— Je ne le connais ni d'Adam ni d'Eve, répondit Richard.

— Sans doute un lycéen qui se sera infiltré, suggéra le blond.

Richard eut un sourire mauvais. Des tas de choses déplaisantes pouvaient arriver aux gens que les Delta Zêta Kappa n'avaient pas invités... et il veillerait personnellement à ce que ce soit le cas.

Ensemble, les trois jeunes hommes se dirigèrent vers Alex.

*
* *

— Vous n'auriez pas vu deux filles dans les parages ? demanda Alex à ses nouvelles copines. L'une d'elles est blonde, à peu près grande comme ça...

De la main, il indiqua le niveau de ses aisselles.

Trois types l'entourèrent. L'un d'eux était le conducteur de la Beemer qui était venu chercher Cordélia au lycée la veille.

— Salut, les gars, dit Alex sur son ton le plus jovial.

— Un nouvel initié ! s'écria le colosse aux cheveux noirs et au cou de taureau.

— Un nouvel initié ! reprit en écho son compagnon blond.

Ils glissèrent leurs bras sous ceux d'Alex et l'entraînèrent pendant que le reste de la foule se mettait à rire et à applaudir.

Bientôt, le jeune homme fut littéralement englouti par une foule d'étudiants aussi ivres que riches. Et comme il s'en doutait un peu, ce n'était pas la situation la plus plaisante au monde.

*
* *

Buffy sortit prendre l'air. Malgré le slow très agréable qu'elle venait de danser avec Tom, elle ne se sentait pas du tout à sa place. La fête se déroulait autour d'elle, mais elle avait l'impression d'en être la spectatrice plutôt qu'une des participantes.

Quelque chose crissa sous sa chaussure. Elle se baissa pour le ramasser.

Un morceau de verre.

La jeune fille se redressa et leva la tête. Au second, une porte-fenêtre était barrée par des planches clouées à la hâte.

— Tout va bien ? demanda Tom en la rejoignant.

Surprise, Buffy fit volte-face en lâchant le morceau de verre.

— Oui. Je... réfléchissais.

La porte s'ouvrit derrière eux, et une vague de musique les submergea quelques instants avant d'être à nouveau étouffée. Richard se dirigea vers Tom et Buffy en titubant, leur remit un verre à chacun et trinqua avec eux.

— A mes actions argentines, qui ont lentement mûri jusqu'à atteindre les six chiffres avant la virgule !

Il engloutit sa boisson d'un trait.

Tom jeta un regard en coin à Buffy.

— A la maturité, renchérit-il.

— Oh, et puis zut, marmonna la jeune fille.

Au grand étonnement de ses compagnons, elle vida son verre cul sec.

— J'en ai assez d'être mûre, gloussa-t-elle.

Un étrange sourire fleurit sur les lèvres de Tom et de Richard.

*
* *

Une fois de plus, Willow et Giles allaient passer la nuit dans la bibliothèque, à effectuer des recherches sur de récents phénomènes inexpliqués.

Ça ne dérangeait pas la jeune fille : avant de faire la connaissance de Buffy, elle ne dormait déjà pas beaucoup, trop occupée à potasser ses cours, à surfer sur Internet ou à regarder des gens plus branchés qu'elle et Alex se trémousser sur la piste du *Bronze*.

Munie de la gourmette découverte par Buffy, Willow cherchait des mots se terminant par les lettres « ent » et les tapait dans la zone « facteurs de recherche » de son ordinateur pour voir si quelque chose d'intéressant se présentait.

— Vent ? suggéra-t-elle.
— Cent, renchérit Giles.
— Dent ?
— Lent...
— Kent ! s'exclama soudain la jeune fille. Je savais bien que ça me disait quelque chose.

Giles fronça les sourcils.

— Qu'est-ce que ça pourrait être : le nom de son petit ami ?

Les doigts de Willow volèrent sur le clavier.

— Non. L'Ecole Préparatoire de Kent. A l'extérieur de la ville. C'est là que j'ai déjà vu des gourmettes identiques.

Giles se pencha pour observer l'écran.

— Que fais-tu ?
— Je consulte les derniers numéros de leur bulletin d'information, expliqua Willow, pour voir s'il y est fait mention...
— ... D'une jeune fille disparue, acheva Giles tandis qu'une page apparaissait devant eux.

Au-dessus de la photo d'une jolie adolescente se détachait le gros titre suivant : « CALLIE, NOUS PRIONS POUR TOI. »

*
* *

C'est pour Buffy que je fais ça, songea Alex en balayant la foule du regard à la recherche de son amie...

Et, pendant qu'il y était, en buvant jusqu'à la lie la coupe de l'humiliation devant une cinquantaine de personnes.

Un membre de la fraternité lui immobilisait la tête pendant qu'un autre le barbouillait avec un rouge à lèvres dont la teinte lui seyait fort peu. Avant ça, ils lui avaient arraché sa chemise et fait enfiler un soutien-gorge dans lequel même les seins de Dolly Parton auraient flotté, et une jupe de soie grise.

— Viens danser, mon mignon, lui cria le type à la brosse blonde.

Alex se dandina vaguement d'un pied sur l'autre.

— Allons, mets-y un peu plus d'entrain ! Secoue-toi !

Pour l'encourager, le colosse au cou de taureau lui flanqua une bonne tape sur les fesses à l'aide d'un aviron. Même les filles qui avaient ri de ses improvisations humoristiques se moquaient de lui sans la moindre retenue.

Ça commençait à faire un peu trop pour Alex, qui n'avait toujours pas aperçu Buffy.

— Merci les gars, je me suis bien amusé, mentit-il. A qui le tour ?

Il voulut s'éloigner, mais le colosse le retint par la peau du cou et lui colla une perruque blonde sur la tête.

— Pas si vite. La soirée ne fait que commencer, grogna-t-il sur un ton sans réplique.

Il le fit pivoter sur ses talons pendant que son copain blond commençait à se trémousser.

— Allez, danse, ordonna-t-il avec une grimace.

Alex obéit.

C'est pour Buffy que je fais ça, se répéta-t-il.

*
* *

Soit Buffy n'avait pas menti à Giles et elle était vraiment malade, soit elle combattait dans la catégorie poids-plume quand il s'agissait d'alcool.

La pièce tournait autour d'elle si vite qu'elle sentit la nausée la gagner. Un type en perruque blonde et soutien-gorge géant dansait en lui tournant le dos.

— Tom ? appela la jeune fille.

Mais personne ne lui répondit.

Titubant, elle se dirigea vers l'escalier qu'elle gravit d'un pas incertain. Il devait bien y avoir à l'étage une chambre où elle pourrait s'allonger quelques instants...

— Pardon, marmonna-t-elle à l'intention de quelqu'un qu'elle venait de bousculer, avant de réaliser que c'était juste une statue.

Ouvrant une porte, elle aperçut un vaste lit à deux places qui lui tendait les bras. Parfait. Elle s'en approcha et se laissa tomber dessus comme une masse.

— Gentil lit, grogna-t-elle. Gentil. Arrête de tanguer, tu me donnes envie de vomir...

*
* *

Richard se faufila par l'entrebâillement et se dirigea vers l'adolescente endormie. Elle gisait sur le côté. Il la retourna sur le dos et lui caressa la joue.

Quelqu'un le saisit par derrière et le projeta violemment contre le mur. C'était Tom.

— Eloigne-toi d'elle, gronda-t-il, furieux.

Richard se renfrogna.

— Je ne faisais rien de mal...

Tom le foudroya du regard.

— J'ai très bien vu ce que tu faisais.

— Je voulais seulement m'amuser un peu, protesta Richard.

— Elle n'est pas ici pour ton plaisir, espèce de pervers, cingla Tom d'une voix menaçante, mais pour celui de Machida.

Richard baissa honteusement la tête et murmura :

— En Son nom...

— C'est également valable pour l'autre, ajouta Tom.

Ils se retournèrent tous deux pour observer la silhouette immobile de la deuxième fille – la « copine » de Richard –, allongée sur le tapis entre le mur et le lit où gisait la blonde... Comment s'appelait-elle, déjà : Buffy ?

De toute façon, quelle importance...

CHAPITRE III

Dans la bibliothèque, Giles lut tout haut l'article du *Kent School News*.
— Callie Megan Anderson... disparue depuis une semaine. Personne ne l'a vue, personne ne sait ce qui lui est arrivé.
— Vu qu'on est à Sunnydale, fit remarquer Willow, je pense que nous pouvons exclure tout événement heureux.
Cette observation dut réactiver le sens de Gardien de Giles, car il réfléchit un moment, tendit la main vers le téléphone et annonça :
— J'appelle Buffy.
— Non ! s'exclama Willow.
Le bibliothécaire haussa les sourcils.
— Pourquoi pas ?
Reste calme et improvise, songea Willow.
— Parce que Buffy et sa mère..., commença-t-elle.
— ... Sont malades, acheva Giles. Tu as raison. Inutile de les déranger jusqu'à ce que nous en sachions davantage.
La consternation se peignit sur les traits de la jeune fille. *Davantage ? Oh, non.*
— Vous voulez dire, s'il y en a d'autres ?
Parce qu'il y en avait d'autres, ça ne faisait pas le moindre doute. L'écran de son ordinateur en était rempli.

— Brittany Oswald, élève de première à St-Michael, a disparu il y a un an. Tout comme Kelly Percell, élève de seconde à Grant.

— Un an, murmura Giles, lisant par-dessus l'épaule de Willow.

— Presque jour pour jour, confirma la jeune fille.

L'esprit du bibliothécaire s'était mis en mode accéléré, elle pouvait le lire dans ses yeux.

— C'est sans doute l'anniversaire d'un événement significatif pour le tueur.

La voix de Willow monta dans les aigus.

— Un tueur ? Pourquoi y aurait-il un tueur ? Nous ignorons si...

— Exact, mais vu que nous sommes à Sunnydale...

Les propres mots de la jeune fille, revenus la hanter. Elle déglutit.

— Ah.

— Il faut savoir où Buffy a découvert cette gourmette. Nous baserons nos recherches là-dessus.

A nouveau, Giles tendit la main vers le téléphone.

— Bonne idée, approuva vivement Willow. Appelez Angel.

Giles la dévisagea.

Je fais des heures sup même pas payées, songea la jeune fille.

La dernière fois qu'elle avait couvert quelqu'un de la sorte, c'était en sixième : elle faisait le guet pendant qu'un groupe de filles fumaient dans les toilettes.

Petit à petit, elle montait en grade. Aujourd'hui, elle mentait à propos de soirées orgiaques. Demain, la prison l'attendait sûrement.

— Il était là quand Buffy l'a trouvée, expliqua Willow. Nous aurons besoin de toute l'aide que nous pouvons obtenir.

A son grand soulagement, Giles eut l'air de trouver que c'était une excellente idée.

*
* *

La fête était terminée. L'un après l'autre, les étudiants ivres quittaient le QG.

Le colosse aux cheveux noirs et son compère à la brosse blonde mirent dehors Alex, toujours vêtu comme une pâle imitation de Demi Moore dans *Strip-Tease*. Ils lui lancèrent ses vêtements et firent mine de refermer la porte derrière lui.

— A la prochaine, mon gars, ricana le blond.

— Attendez, bafouilla Alex. Une de mes amies est encore là.

Le colosse le détailla de la tête aux pieds.

— Tu sais, les lumières une fois rallumées, malgré la perruque et tout... (Il laissa sa phrase en suspens quelques instants, feignant un air admiratif.) Tu es toujours aussi moche, acheva-t-il avec une grimace.

Impressionné par cet humour d'une finesse rare, son compagnon éclata de rire.

Alex laissa tomber ses vêtements sur le porche et, fulminant, arracha son soutien-gorge et sa perruque blonde.

*
* *

La fête était terminée.

Elle avait servi les objectifs de la fraternité, et à présent, il était temps de passer à l'action.

Une silhouette masculine, dénudée jusqu'à la taille, s'agenouilla devant la fosse obscure. La moitié supérieure de son corps n'était qu'une masse de cicatrices en forme de diamant.

Les autres membres, le capuchon de leur robe rabattu sur la figure, l'observaient à une distance respectueuse.

Une coupe et une épée étaient posées au bord de la fosse. Lentement, Richard ramassa l'arme. Il s'approcha de la silhouette agenouillée et, avec des gestes solennels, se taillada la chair de son dos.

La douleur purifiait ; la douleur était jouissive.

En Son nom...

*
* *

Cordélia venait de reprendre connaissance.

Enchaînée au mur de pierre, elle jeta un regard terrorisé vers Buffy, qui se trouvait dans la même fâcheuse posture et s'était réveillée quelques minutes plus tôt.

Déjà, la Tueuse avait évalué la situation : résistance de leurs entraves, issues envisageables, nombre d'étudiants riches dont elle devrait botter les fesses...

— Buffy, où sommes-nous ? demanda Cordélia d'une voix tremblante.

— Dans la cave, je pense, répondit calmement la jeune fille.

— Que se passe-t-il ? Que nous ont-ils fait ?

— Ils nous ont droguées.

Cette fois, Buffy sentit la colère monter en elle. Comment avait-elle pu se montrer aussi stupide ? Où était son sixième sens quand elle en avait besoin ? Qu'est-ce qui lui avait pris de raconter des bobards ? Quand cesserait-elle d'avoir seize ans ?

Peut-être un peu plus tôt qu'elle ne l'espérait, vu la tournure prise par les événements.

— Pourquoi ? geignit Cordélia. Que vont-ils nous faire ?

— Je ne sais pas.

Buffy continuait à observer les alentours, et sa compagne la déconcentrait. Mais elle devait l'aider à garder son calme, afin que Cordélia lui apporte toute l'aide possible lors d'une tentative de fuite... si elles arrivaient à en organiser une.

Malheureusement, Cordélia était déjà à huit sur l'échelle de Richter de la terreur.

— Je veux rentrer à la maison, sanglota-t-elle comme une petite fille.

— Personne ne rentrera à la maison, annonça une voix morne dans les ténèbres.

C'était celle d'une fille qui avait dû être jolie autrefois, mais dont les cheveux pendouillaient maintenant en mèches sales et dont les lèvres desséchées se craquelaient sur son visage livide.

— Jamais, ajouta-t-elle sur un ton monocorde, qui ne contenait plus ni peur ni espoir.

Une pause, puis :

— L'un d'eux est différent des autres. Plus gentil.

— Tom, souffla Buffy, en réalisant que c'était à lui que Richard avait entaillé le dos quelques minutes auparavant.

Comme si elle l'avait appelé, le jeune homme pivota et planta son regard dans le sien. Deux silhouettes encapuchonnées vinrent glisser une robe verte sur ses épaules.

La fille hocha la tête.

— C'est lui qu'il faut surveiller.

Tom se dirigea vers les prisonnières comme s'il était le roi des animaux.

— Elle sera la dernière, dit-il lentement, sans détacher son regard de Buffy.

— La dernière ? La dernière à quoi ? couina Cordélia. Et qui sera la première ? Réponds-moi !

Tom l'ignora. Il revint vers le bord de la fosse et sortit trois pierres d'une petite bourse noire.

— Une pour chacune de nous, murmura Buffy.

— Je veux rentrer à la maison, répéta Cordélia, hystérique.

— Reste calme, lui ordonna Buffy. On va s'en sortir.

Tom versa de l'eau sur les pierres et les repoussa sur le côté.

— Pourquoi t'ai-je laissée m'entraîner dans ce lieu de débauche ? gémit Cordélia.

Buffy haussa les sourcils en entendant cette version des faits. Décidément, son amie avait une mémoire très sélective.

Mais elle connaissait les dangers qu'elle courait quand elle avait accepté ce boulot de Tueuse.

Ou peut-être pas vraiment...

*
* *

Convoqué par Giles, Angel était venu à la bibliothèque. Le Gardien et lui se tenaient devant une des fenêtres, dont Willow fixait la vitre d'un air hébété.

— Elle a trouvé la gourmette dans le cimetière, près du mur sud, déclara Angel.

Willow continuait à observer la fenêtre, comme hypnotisée.

— Le mur sud, répéta Giles, pensif. (Il se tourna vers la jeune fille et demanda :) Que fais-tu ?

Prise la main dans le sac.

— Oh. Désolée, balbutia Willow. C'est cette histoire de reflet... qui te manque, dit-elle à Angel. Comment fais-tu pour te raser ?

Elle se reprit.

— Le mur sud, c'est près de la fac et de...

Oh, non.

— Du QG des Delta Zêta Kappa, ajouta-t-elle en pâlissant.

— Une fraternité ? interrogea Giles, perplexe.

Willow hocha vigoureusement la tête. Elle était si paniquée que son cerveau venait de s'inscrire aux abonnées absents.

Non, non, non ! Buffy, Alex...

— Tu crois que ça pourrait être eux qui ont enlevé ces filles ? demanda Angel.

Incapable d'émettre le moindre son, Willow acquiesça.

— Sortons d'ici.

Les deux hommes se dirigèrent vers la porte tandis que la jeune fille ouvrait et refermait la bouche.

— Buffy, coassa-t-elle enfin.

Giles secoua la tête.

— Nous n'avons que des soupçons pour le moment. Ne la dérangeons pas avant de...

— ... Est là-bas, acheva piteusement Willow. Avec Cordélia. Elles sont allées à la soirée donnée par les Delta Zêta Kappa !

Giles fut stupéfait.

— Buffy m'a menti ?

— Ooooh, se lamenta Willow, que sa promotion au rang de traître ne réjouissait guère.

— Etait-elle avec... un garçon ? demanda Angel, l'air encore moins réjoui.

— Ooooh, gémit à nouveau Willow.

Puis son indignation prit le dessus.

— C'est ta faute ! s'écria-t-elle. Pourquoi crois-tu qu'elle est allée à cette soirée ? Parce que tu as refusé de sortir avec elle !

Sa colère épique se reporta ensuite sur Giles.

— Et vous, vous ne lui laissez jamais rien faire à part ses devoirs et ses patrouilles. Je sais bien qu'elle est l'Elue, mais vous êtes en train de la tuer à force de lui mettre la pression. La pauvre, elle a seize ans !

La jeune fille en voulait à la terre entière d'imposer à Buffy des devoirs et des responsabilités écrasantes.

C'était trop pour une seule personne, comme si on voulait la forcer à manger tous les plats que servait la cafétéria, à chaque repas et jusqu'à la fin de ses jours. C'était comme n'avoir jamais d'eau chaude quand on voulait prendre sa douche. C'était comme...

Se réveiller chaque matin en sachant que des vampires et des démons vous ont à l'œil, qu'ils vont vous suivre en attendant une occasion de vous sauter dessus et que vous n'avez qu'une solution : les tuer la première... En n'oubliant pas de réussir vos interros d'histoire, et de ne jamais révéler à votre mère pourquoi vous vous fourrez sans arrêt dans les ennuis.

Willow reporta son attention sur Angel. Elle n'en avait pas fini avec lui : c'était sa faute si Buffy souffrait autant.

— Et toi... Tu es immortel. Ça devrait te laisser le temps d'aller boire un café avec elle, non ?

Aussi surprise que Giles et Angel par son propre monologue, elle s'arrêta pour reprendre son souffle.

— Bon, soupira-t-elle. Je ne me sens toujours pas mieux et nous devons trouver un moyen d'aider Buffy.

Elle ouvrit la marche.
Les deux hommes la suivirent.

*
**

Ses vêtements sur les bras, Alex descendit les marches du porche.

— Un jour, fulmina-t-il, j'aurai l'argent, la richesse et la gloire. Et ce jour-là, ils en auront toujours plus que moi.

Comme le fils à papa qui possédait l'élégant bolide rouge garé dans le virage, songea-t-il en fusillant la voiture du regard.

Puis il aperçut la plaque d'immatriculation.

Queen C.

Il jeta un coup d'œil autour de lui pour s'assurer que personne ne pouvait le voir.

Le moment de rentrer chez lui n'était pas encore venu.

*
* *

Le visage pareil à un masque de pierre, une aura d'autorité l'enveloppant, Tom se tenait sur les marches qui conduisaient au rez-de-chaussée – et à la liberté –, l'épée longue à la main.

— Machida, appela-t-il sur un ton plein de respect.

— En Son nom, entonnèrent les autres comme sur le CD de Chants Grégoriens qu'on avait offert à Willow le Noël précédent.

Tom descendit l'escalier.

— Nous qui te servons, nous qui recevons tes faveurs, nous t'appelons en cette heure sainte.

Il se dirigea vers les filles sans les regarder, puis se tourna vers la fosse.

— Nous ne détenons aucune richesse exceptées celles que tu nous donnes.

— Exceptées celles que tu nous donnes, reprirent en chœur les autres psychotiques.

Tom remit l'épée dans les mains de Richard.

— Nous ne possédons aucune place dans le monde, exceptée celle que tu nous confères.

— Exceptée celle que tu nous confères, répétèrent ses camarades.

— C'est quoi, un genre de secte ? demanda Cordélia à Buffy.

— Plutôt un culte, corrigea son amie. Mais pas du genre qui sort des CD...

— Il faut que tu fasses quelque chose, déclara Cordélia.

— Une année s'est écoulée depuis notre dernière offrande, reprit Tom. Une année durant laquelle le butin a abondé. Aujourd'hui, nous venons à toi porteurs de nouvelles offrandes.

Il fit un geste en direction des filles.

Oh oh.

— Des offrandes ? répéta Cordélia d'une voix aiguë. C'est de nous qu'il parle ?

La troisième prisonnière lui jeta un regard amer.

— Tu vois quelqu'un d'autre dans les parages ?

— Accepte-les, seigneur ténébreux, supplia Tom.

Buffy tira sur ses chaînes.

— Et bénis-nous de ton pouvoir. Machida !

Tom étendit une main au-dessus de la fosse.

— Machida ! entonnèrent tous les cultistes.

Une, deux, trois. Tom jeta les pierres dans le fond.

— Que... qu'est-ce qu'il y a là-dedans ? s'enquit Cordélia d'une voix tremblante.

— Viens, hurla Tom en levant les bras vers le ciel. Que ton terrible visage daigne contempler celui de tes serviteurs et de leurs humbles offrandes. Nous t'appelons, Machida !

— En Son nom ! Machida !

Tous les fidèles s'agenouillèrent, Richard brandissant l'épée devant lui tel un chevalier en armure étincelante.

Cordélia tremblait de tous ses membres.

— Il y a quelque chose en bas. Et ils vont nous y jeter, se lamenta-t-elle.

Soudain, une vibration subsonique agita les pierres sous les pieds de Buffy. Un grondement pareil à celui d'un séisme emplit la caverne.

— Je ne crois pas, dit la jeune fille.

Cordélia s'accrocha à cette idée comme un naufragé à la bouée qu'on lui lance.

— Non ? Super. Alors...

Buffy détestait lui casser le moral, mais...

— Je ne crois pas que nous aurons besoin de descendre jusqu'à lui, corrigea-t-elle. C'est lui qui va venir à nous.

Le grondement s'intensifia. La terre trembla. Quelque chose approchait.

Quelque chose était en train de sortir de la fosse.

Un instant, Buffy fut si stupéfaite que son cerveau eut du mal à enregistrer les informations envoyées par ses yeux. Elle avait déjà combattu beaucoup de monstres hideux, mais jamais qui ressemblent à celui-là.

La créature était à moitié humaine et à moitié reptilienne. Elle possédait le torse et les bras d'un homme, mais ses mains étaient palmées. Tandis qu'elle examinait les filles de ses yeux aux pupilles fendues, Buffy aperçut ses long crocs et ses narines plates. A partir de sa taille, des anneaux écailleux s'enroulaient jusqu'au fond de la fosse.

Cordélia hurla. Elle alla directement à « panique » sans passer par la case départ. Buffy aurait bien aimé en faire autant, mais elle ne pouvait pas : son devoir était de trouver quelque chose pour les sauver.

En observant la créature, elle craignit pour la première fois de s'attaquer à trop gros morceau.

Machida bomba le torse et écarta les bras comme pour serrer ses fidèles sur son cœur.

— Car il jaillira des profondeurs et nous tremblerons devant lui, récita Tom. Lui qui est la source de tout ce que nous héritons, de tout ce que nous possédons. Machida !

— Machida ! tonnèrent les silhouettes en robe.

— Et s'il est satisfait de nos offrandes, poursuivit Tom, il fera notre bonne fortune.

— Machida, fais notre bonne fortune ! supplièrent les fidèles.

— Et le dixième jour du dixième mois, il aura faim et nous le nourrirons.

La créature balaya le sol de sa longue queue et examina les trois prisonnières.

— Vous le nourrirez ? s'égosilla Cordélia. Comment ça, vous le nourrirez ?

Tandis que le monstre se dirigeait vers sa compagne au bord de l'hystérie, Buffy tira de toutes ses forces sur ses chaînes. Mais celles-ci tinrent bon.

La Tueuse continua à se débattre.

Il devait bien y avoir un moyen...

*
* *

Angel, Willow et Giles descendirent de la voiture du bibliothécaire et se dirigèrent vers le QG des Delta Zêta Kappa. Aucune lumière ne brillait plus aux fenêtres.

— On dirait que la fête est terminée, avança Willow, pleine d'espoir.

Angel lui fit écho. Avec un peu de chance, Buffy et Cordélia étaient déjà rentrées chez elle et dormaient à poings fermés dans leur lit.

— Salut, dit quelqu'un derrière eux.

Angel se retourna.

— Salut.

C'était Alex, vêtu d'une robe noire à capuche. Il repoussa cette dernière et demanda :

— Que faites-vous ici ?

— Des tas de filles ont disparu, les Delta Zêta Kappa y sont peut-être pour quelque chose, débita Willow à toute allure, et Buffy... (Elle marqua une pause.) Tu t'es maquillé ?

Alex se frotta le visage.

— Non, non. Je pense que Buffy et Cordélia sont encore à l'intérieur, dit-il en désignant le bolide rouge de Cordy.

Angel commença à s'inquiéter pour de bon. Giles désigna l'étrange accoutrement d'Alex.

— Pourquoi portes-tu ça ?

— Oh, je l'ai trouvé dans une poubelle. (Le jeune homme fit un geste vague vers la maison.) Je les ai vus par les fenêtres. Ils portaient des robes et ils sont descendus dans la cave. Je voulais me déguiser pour m'infiltrer parmi eux et voir ce qu'ils mijotent, expliqua-t-il.

— Sans doute sont-ils en train d'effectuer une sorte de rituel, déclara Giles.

Angel sursauta.

— Avec les filles disparues, ajouta Willow.

Le vampire sentit la colère monter en lui.

— Avec Buffy...

Avec sa Buffy !

Ces jeunes gens arrogants... Ces étudiants riches et pleins de morgue qui croyaient que tout leur était permis. S'ils avaient touché à un seul cheveu de sa tête, il leur arracherait le cœur à tous.

Angel sentit son visage se transformer, et un grognement sourd monta de sa gorge. Les trois autres, habituellement si amicaux, firent un pas en arrière. Ils avaient peur de lui.

— Ça, dit Alex, admiratif, c'est le genre de garçon avec qui on a envie de faire la fête.

*
* *

Machida se redressa dans toute sa gloire, prêt à entamer le hors-d'œuvre de son festin annuel : Cordélia.

Tandis qu'il fondait sur elle, la jeune fille hurla et se débattit.

— Hé, Reptile Boy ! cria Buffy, espérant détourner son attention.

Machida tourna la tête vers elle.

— Aucune femme ne doit lui adresser la parole ! protesta sévèrement Tom.

— Pourquoi veux-tu la manger ? demanda Buffy, ignorant l'intervention du jeune homme. Elle n'a que la peau sur le os. Dans une demi-heure, tu auras encore faim. Commence plutôt par moi...

— Je t'ai dit de te taire ! gronda Tom.

Il lui flanqua une claque retentissante qui l'assomma presque. Puis il tira son épée et en appuya la lame sur le cou de la jeune fille.

— Encore un mot et je te tranche la gorge, menaça-t-il.

*
**

Alex frappa à la porte. Celle-ci s'ouvrit.

Encore ses deux amis Cou-de-Taureau et Brosse-Blonde.

La tête rentrée dans les épaules, le jeune homme marmonna :

— Je me suis fait enfermer dehors en sortant la poubelle. Laissez-moi entrer. Je ne voudrais surtout pas rater la cérémonie.

Cou-de-Taureau prit un air soupçonneux, mais s'effaça pour le laisser passer.

— Dépêche-toi.

Encore un de ces types stupides, avec plus de muscles que de cervelle, que les autres s'arrachaient pour les avoir dans leur équipe de foot.

Alex lui tomba dessus en lui balançant son poing dans la figure de toutes ses forces. Cou-de-Taureau tituba en arrière pendant qu'il lui demandait « Où sont-elles ? », tout en agitant sa main endolorie.

Puis Brosse-Blonde chargea.

Angel bondit par-dessus le seuil, l'assomma et fit signe à Giles et Willow, restés en arrière, de les rejoindre.

*
**

Deux en robe détachèrent Cordélia et la maintinrent entre eux.

Des bruits de lutte, résonnant au-dessus de leur tête, arrachèrent un froncement de sourcils à Tom.

— Il se passe quelque chose en haut. Allez voir, ordonna-t-il à plusieurs fidèles, qui s'élancèrent vers l'escalier.

Puis il se tourna à nouveau vers Machida.

— Nourris-toi, seigneur ténébreux.

Cordélia hurla en sentant les mains de la créature se refermer sur elle.

Au moment où il semblait que tout était perdu, Buffy sauva une fois de plus la situation. Rassemblant toute son énergie, elle arracha ses chaînes du mur.

Machida ouvrit la gueule pour savourer la première bouchée de son festin. Buffy, qui désapprouvait d'aussi mauvaises manières de table (où étaient donc ses couverts ?) lui flanqua un grand coup dans la tête. Il tituba et, avec un grognement, recula vers le bord de la fosse.

Les deux fidèles lâchèrent Cordélia, qui s'enfuit en courant pendant que Buffy en assommait un d'un coup de pied dans la tête, avant de pivoter sur elle-même pour faire subir le même sort à l'autre.

Fou de rage, Tom ramassa l'épée longue et fonça sur la jeune fille. Elle esquiva à temps pour empêcher la lame affûtée de lui trancher la tête.

*
* *

Au rez-de-chaussée, les Delta Zêta Kappa affrontaient la cavalerie venue à la rescousse.

Angel projeta un type en robe sur le sol. Willow bondit par-dessus le blessé et s'engouffra dans l'escalier de la cave.

Pendant ce temps, Alex accroupi au-dessus de Cou-de-Taureau lui cognait la tête contre le plancher avec application.

— Ça, c'est pour la perruque, grogna-t-il. (*Bam !*) Ça, c'est pour le soutien-gorge. (*Bam !*)

Giles testa une porte. Un fidèle le chargea. Le bibliothécaire se redressa de toute sa hauteur et, l'air assez fier de lui-même, lui balança un crochet du droit.

Willow réapparut en haut de l'escalier et cria :

— Un type est en train d'attaquer Buffy avec une épée ! (Puis, réalisant ce qu'elle venait de voir dans la cave :) Et il y a aussi un très gros serpent.

Alex chevauchait un étudiant, tel un cow-boy sur le dos d'un étalon furieux, et lui frappait la tête en jubilant :

— Ça, c'est pour le maquillage, et ça, pour les seize dernières années et demie !

Il se releva ; le type eut un soubresaut et s'immobilisa sous le regard horrifié de Willow. Pour la bonne mesure, Alex lui flanqua un coup de pied dans les côtes.

Angel se débarrassa d'encore deux fidèles. Willow réalisa que ses compagnons ne l'avaient pas entendue et répéta :

— Les garçons, Buffy, serpent, cave, tout de suite !

Cette fois, tout le monde pigea et chargea par la porte restée ouverte.

Au passage, Angel assomma un étudiant avec un rictus de satisfaction.

*
* *

C'est juste un combat comme les autres, se dit Buffy.

En réalité, il y avait beaucoup plus de participants que d'ordinaire, et l'un d'eux excédait de loin les mensurations habituelles.

Elle plongea pour échapper à l'épée de Tom, qui se fracassa sur le sol de pierre, derrière elle.

— Toi, gronda le jeune homme, furieux. Je vais te tailler en pièces et te servir à Machida sur un plateau !

De nouveau, il leva son arme. Buffy esquiva et lui enroula ses chaînes autour du cou. Les yeux de Tom s'écarquillèrent de surprise et de douleur.

— Tu parles beaucoup trop, railla la Tueuse.

Elle lui décocha un coup de pied tournant ; il vola à travers la pièce, atterrissant sur une table qu'il fracassa. Des bougies roulèrent sur le sol où elles répandirent une traînée de cire fondue.

Puis Buffy vit qu'Angel, Willow, Alex et Giles dévalaient l'escalier tandis que Machida redoublait d'efforts pour dévorer Cordélia.

— Au secouuuuurs ! glapit la jeune fille.

Buffy ramassa l'épée de Tom et bondit au bord de la fosse.

— Recule, sale bête ! ordonna-t-elle en levant son arme.

La créature grogna. De toutes ses forces, Buffy lui porta un coup de taille qui la trancha en deux.

C'était fini.

Giles se précipita pour aider Cordélia à se relever, pendant que Willow et Alex couraient détacher la troisième prisonnière.

— Tu as réussi, souffla Cordélia, la gorge nouée par l'émotion. Tu nous as sauvées.

Elle se dirigea vers Buffy... passa devant elle et se laissa tomber dans les bras d'Angel. Celui-ci jeta un coup d'œil à Buffy, qui baissa la tête.

Il ne l'aimait pas ? Très bien. Elle s'en moquait pas mal. Elle avait failli mourir ; que lui importait Angel au milieu du tourbillon de son existence de Tueuse ?

— De ma vie, reprit Cordélia, je n'ai jamais été aussi heureuse de voir quelqu'un.

Tandis qu'elle luttait pour refouler ses larmes, Angel se dégagea et pivota vers Tom.

— Vous tous, geignit Cordélia. Je vous déteste. Vous êtes toujours mêlés à des histoires plus horribles les unes que les autres.

Willow et Alex aidèrent la troisième fille à remonter l'escalier. Pendant qu'Angel emmenait Tom, Cordélia le foudroya du regard.

— Si ça ne tient qu'à moi, tu vas moisir en prison pendant les quinze mille prochaines années !

Tom voulut répliquer quelque chose, mais Angel l'entraîna avant qu'il n'ait eu le temps d'ouvrir la bouche.

*

Giles resta seul dans la cave avec Buffy.

La jeune fille esquissa une moue boudeuse qui ne sembla avoir aucun effet sur le Gardien, malgré son soulagement de la revoir vivante.

— Je n'ai dit qu'un seul mensonge. Et je n'ai bu qu'un seul verre.

— Oui, et tu as failli te faire dévorer par un démon-serpent, répliqua Giles. Inutile de dire que j'espère que ça te servira de leçon.

— Je suis désolée, marmonna Buffy.

Voyant qu'elle le pensait, le bibliothécaire se radoucit.

— Moi aussi. (Son sens des responsabilités l'obligea à ajouter :) Si je te mène la vie dure, c'est parce que je sais ce que tu dois affronter. Mais à partir de maintenant, promit-il, je cesserai de te harceler.

Il marqua une pause et réprima un sourire.

— Je me contenterai de te houspiller.

Bras-dessus bras-dessous, le Gardien et la Tueuse sortirent de la cave.

ÉPILOGUE

Le *Bronze*, après la tombée de la nuit.

— Allez, plus vite, murmura un étudiant, trépignant d'un pied sur l'autre, en regardant la machine à café cracher un liquide mousseux dans une tasse.

Il prit celle-ci, la posa sur une petite assiette contenant déjà un muffin et se dirigea vers la Reine Cordélia pour lui porter ses offrandes.

La jeune fille lui jeta un regard hautain.

— Merci, Jonathan, dit-elle d'un air glacial. N'aurais-tu pas oublié quelque chose ?

Inquiet, il contempla la tasse en marmonnant :

— Cannelle, chocolat, demi-décaféiné, light...

Puis un éclair de panique passa dans ses yeux.

— Le supplément de crème !

Cordélia s'empara du muffin et agita la main avec dédain pour lui faire signe de s'éloigner. Honteux, Jonathan remporta la tasse qui l'avait offensée.

Cordélia revint vers la table qu'occupaient Willow, Buffy et Alex. Ce dernier lisait le *Sunnydale Press*.

— Les étudiants, laissa tomber Cordélia. Il n'y a que ça de vrai.

Puis elle s'éloigna.

— D'après le journaliste, ils vont tous écoper de peines à perpétuité, rapporta Alex. Les enquêteurs ont découverts les ossements des filles disparues dans une énorme caverne, sous le QG de la fraternité, et de plus vieux encore, datant d'un demi-siècle.

Il baissa le nez sur son journal et lut :

— « Un nombre étonnant de sociétés, dont les fondateurs ou les directeurs sont d'anciens membres des Delta Zêta Kappa sont actuellement touchées par une vague de délations, de contrôles fiscaux et de suicides. »

« Il ne fait pas bon affamer un démon-serpent, conclut joyeusement le jeune homme.

Willow se tourna vers Buffy.

— Tu as eu des nouvelles d'Angel ?

Son amie secoua la tête et faillit ajouter : *Bien sûr que non... Comme d'habitude.*

Willow se pencha en avant et prit une mine de conspiratrice :

— Tu aurais dû le voir quand il a compris que tu étais en danger. La façon dont il s'est transformé... Grrr, fit-elle, essayant de toutes ses forces de gentille surdouée de l'informatique d'imiter une grosse colère vampirique. C'était le truc le plus épatant auquel j'aie jamais assisté ! Combien de garçons... ?

Alex fronça les sourcils.

— Angel par-ci, Angel par-là... Pourquoi toutes nos conversations tournent-elle autour de ce psychopathe ?

Emergeant de l'ombre, Angel se dirigea vers leur table. Le cœur de Buffy fit un bond dans sa poitrine, tandis qu'Alex enchaînait joyeusement :

— Salut, mon pote ! Comment ça va ?

Angel regarda la Tueuse.

— Buffy...

Elle prit une inspiration.

— Angel...

— Alex, ajouta le jeune homme, sarcastique.

Peut-être était-il blessé dans son amour-propre, ou peut-être pas. Ces derniers temps, Buffy avait de plus en plus de mal à deviner les sentiments des gens.

Sous le regard pénétrant d'Angel, Buffy sentit un frisson la parcourir des pieds à la tête.

— Il paraît qu'on sert du café ici...

Du café...

— Je me suis dit qu'on pourrait en prendre un ensemble.

Il lui demandait de sortir avec elle !

Mais la jeune fille ne répondit pas. Elle allait lui faire cracher chacun de ses mots, pour lui apprendre à l'avoir blessée de la sorte.

— Un soir, ajouta Angel, hésitant.

Buffy demeura impassible.

— Si ça te dit, acheva-t-il.

A l'intérieur, la jeune fille jubilait.

Oui, elle passait son temps à embrocher des vampires pendant que les autres filles de son âge bavassaient au téléphone sur leurs petits amis. Oui, chaque fois qu'ils se rencontraient, elle était démaquillée, décoiffée et débraillée d'avoir assommé des démons et d'autres créatures des ténèbres. Non, elle ne serait jamais élue reine de sa promo.

Mais *Angel* voulait boire un café avec *elle*.

— Pourquoi pas ? dit-elle avec une nonchalance feinte tout en savourant cet instant de triomphe.

Angel eut l'air soulagé.

— Un soir, reprit Buffy. Je te dirai quand.

Elle se laissa glisser de son tabouret et s'éloigna.

*
* *

Willow observait Alex et Angel, sur le visage desquels l'admiration se mêlait au respect. Tant mieux : Buffy méritait les deux.

*
* *

Il m'a demandé de sortir avec lui, songea Buffy.
Il veut passer du temps avec moi.

Elle sortit du *Bronze* la tête haute, et un sourire fleurit sur ses lèvres.

TROISIÈME CHRONIQUE

MENSONGE

PROLOGUE

La nuit, les aires de jeux sont désertes. Et il ne faut pas y laisser traîner les enfants, car des choses terribles pourraient leur arriver.

Baigné par un clair de lune argenté, le tourniquet grinçait doucement. Les balançoires frémissaient sous le souffle du vent nocturne.

Assis sous le portique, le petit James, huit ans, chercha du regard le minivan familial. A la maison, il faisait chaud et une bonne odeur de cuisine devait planer dans l'air. Sa grande sœur était sans doute affalée sur le canapé devant une rediffusion de *Melrose Place* en attendant l'heure du dîner.

— Dépêche-toi, maman, dit-il, mi-impatient mi-anxieux. Tu es toujours en retard.

D'habitude, elle le tannait pour qu'il rentre avant la tombée de la nuit. Mais pour une fois qu'elle devait venir le chercher...

— Tu es perdu ? demanda une voix.

James sursauta et se retourna. Il était surpris, mais pas vraiment effrayé.

Une très jolie dame se tenait devant lui, vêtue d'une longue robe blanche qui ne tranchait guère avec sa peau livide. Elle arborait un curieux sourire et semblait avoir du mal à marcher. James se demanda si elle était blessée.

— Non, j'attends ma mère, c'est tout, répondit-il en se levant pour sortir de sa cachette.

— Tu veux que je te ramène chez toi ?

Elle avait une drôle de voix, comme les méchants dans les dessins animés.

— Non, merci, refusa poliment James.

La dame se rapprocha du portique et en fit lentement le tour, laissant ses doigts blancs courir le long des barreaux. A présent, James commençait à se sentir nerveux.

Il contourna le portique dans l'autre sens. Les yeux de la dame étaient bizarres, comme si elle ne le voyait pas vraiment.

— Autrefois, ma maman me chantait des berceuses pour m'endormir. « Cours à perdre haleine, l'agneau est prisonnier du buisson de mûres... » Elle avait une voix très douce...

La dame ferma les yeux et sourit.

James avait franchement peur maintenant. Elle devait être un peu folle pour se promener en chemise de nuit, sans manteau et sans se soucier du froid.

Elle le dévisagea.

— Que chantera ta maman quand on aura retrouvé ton cadavre ?

James ne comprenait pas ce qu'elle voulait dire, mais il savait qu'il devait faire quelque chose pour se protéger. Il recula pour mettre le plus de distance possible entre elle et lui.

— Maman m'a dit de ne pas parler aux gens que je ne connais pas.

La dame le regarda comme s'il était en train de manger un dessert dont elle avait vraiment très envie.

— Les gens ? Je n'en fais pas partie, dit-elle avec un drôle de sourire, tout en se rapprochant de lui. Donc, ça ne me concerne pas...

Une silhouette noire s'interposa entre James et elle.

Le petit garçon leva les yeux vers le visage d'un homme. Celui-ci avait l'air tellement en colère qu'il lui fit encore plus peur que la dame.

— Rentre chez toi, ordonna-t-il.

James ne se fit pas prier. Il s'élança aussi vite que ses petites jambes le lui permettaient.

Par la suite, il ne revint jamais jouer dans le parc.

*
* *

Angel s'assura que le petit garçon était loin. Puis il prit une inspiration avant de se tourner vers celle qui avait failli l'agresser.

Le pâle visage de la femme s'éclaira. Il le savait d'avance, et il ne s'en haït que davantage.

— Mon ange, roucoula-t-elle de sa voix chantante.

La voix de la folie.

— Bonsoir, Drusilla.

Angel ne partageait pas sa joie de la revoir. Il ne ressentait que de la culpabilité et le remords qui, à cause de la malédiction des bohémiens, hantait ses jours et ses nuits depuis un siècle.

Drusilla et Spike étaient arrivés à Sunnydale quelques mois plus tôt. Angel ignorait ce qui les avait attirés là. Tous deux avaient des comptes à régler avec lui, mais ils semblaient s'être installés en ville pour de bon.

Après que Buffy eut tué le Maître le printemps précédent, tous les vampires s'étaient tournés vers le Juste des Justes pour en faire leur nouveau chef. Mais Spike avait jeté le petit garçon dans une cage avant de l'abandonner à la lumière du soleil pour le laisser brûler.

Drusilla glissa lentement vers lui, pareille à une âme en peine triste et décharnée. Elle semblait très malade.

— Tu te souviens de la berceuse que me chantait ma maman ? Elle était si jolie...

Angel ne put croiser son regard.

— Je m'en souviens, acquiesça-t-il platement, tandis que des images douloureuses resurgissaient dans son esprit.

— Oui, je sais, souffla Drusilla, et il comprit qu'elle pensait à leur passé commun.

— Va-t'en, lui demanda-t-il.

Il leva les yeux vers elle et tenta de mettre dans sa voix tout ce qu'il possédait d'autorité.

— Je te laisse encore une chance. Emmène Spike et partez d'ici.

— Sinon, tu me feras du mal ?

Elle ne semblait pas le moins du monde effrayée.

A nouveau, Angel évita son regard. Il détestait ce qu'elle était devenue.

— Non. Tu ne peux pas. Tu ne peux plus.

L'ombre d'un sourire passa sur le visage de Drusilla. Voulait-elle dire qu'il était incapable de la toucher maintenant qu'il avait retrouvé son âme, ou que les blessures qu'il lui avait infligées étaient si profondes qu'il ne pouvait plus faire pire ?

— Si vous ne vous en allez pas, essaya encore Angel, ça finira mal. Pour nous tous.

— Mon chéri m'a abandonnée, n'est-ce pas ? murmura tristement Drusilla. Pour elle...

Angel sursauta.

— De qui parles-tu ?

*
**

C'était une nuit humide. Des gouttes de pluie scintillaient sur les panneaux de plastique qui recouvraient le toit de l'immeuble où Buffy était montée pour surveiller les alentours.

*
**

— La fille. La Tueuse, dit Drusilla. Je respire son parfum sur ton cœur.

Elle posa une main sur la poitrine d'Angel pour le caresser.

— Pauvre petite. Elle n'a aucune idée de ce qui l'attend...

*
**

Buffy atteignit le bord du toit et se pencha pour observer l'aire de jeux. Un parfait terrain de chasse pour les vampires, qui s'y rassemblaient parfois la nuit.

La jeune fille se figea.

Angel enlaçait une jolie femme aux longs cheveux noirs. Il tournait le dos à Buffy, mais elle aurait reconnu son blouson, sa carrure et sa coupe de cheveux entre mille. La femme portait une robe blanche, et elle se blottissait dans ses bras.

Sont-ils en train de s'embrasser ? se demanda Buffy, sous le choc.

*
**

— Ça ne peut pas continuer ainsi, Drusilla, dit Angel. Il faut mettre un terme à cette situation.

— Oh non, mon mignon.

Elle se pencha vers lui comme pour le respirer et lui chuchota à l'oreille :
— Ça ne fait que commencer.
Puis elle s'évapora dans la nuit.
Angel la regarda partir, le cœur déchiré.

*
* *

Buffy aussi la regarda.
Au bord des larmes.

CHAPITRE PREMIER

Un jour nouveau se levait, et Sunnydale n'avait toujours pas disparu de la carte.

Au lycée, Giles était encore en vie et plus actif que jamais, et il escortait Jenny Calendar, professeur d'informatique et techno-païenne de premier ordre, dans l'escalier.

— C'est un secret, dit la jeune femme en prenant une mine de conspirateur.

— Quel genre de secret ? interrogea Giles, curieux.

— Le genre secret ! Quand on ne peut pas révéler de quoi il s'agit.

Jenny grimaça.

Il savait qu'elle le trouvait hautement amusant, et comme aurait dit Alex Harris, c'était un plus.

Mais il ne se laissa pas démonter pour autant.

— Il me semble juste une chose : quand deux personnes passent une soirée ensemble, il est d'usage qu'elles sachent ce qu'elles vont faire.

Ils atteignirent le bas des marches et tournèrent à droite. Giles se rendait dans sa bien-aimée bibliothèque, et Jenny rejoignait l'antre des machines démoniaques connues sous le nom d'ordinateurs.

— Allons, plaisanta-t-elle gentiment, où est passé votre sens de l'aventure ?

Giles opta pour une autre approche.

— Mais... Comment saurai-je ce que je dois porter ?

La jeune femme le détailla d'un air moqueur.

— Possédez-vous dans votre garde-robe autre chose que des complets en tweed ?

— Pas vraiment, admit-il.

Elle gloussa.

— Dans ce cas, Rupert, vous allez devoir me faire confiance.

— Très bien. (Il leva les mains en signe de reddition.) Je m'en remets entièrement à vous.

Jenny passa devant lui.

— Hum... Vous ne savez pas à quoi vous vous *exposez*, plaisanta-t-elle.

Elle s'éloigna non en direction de la salle des ordinateurs, mais de la sortie la plus proche.

— Sept heures trente demain soir, d'accord ?

Giles, qui savourait d'avance différentes variantes d'« *exposition* », lui adressa un sourire béat.

— C'est entendu.

*
**

Buffy attendit que Giles et Mlle Calendar ait fini de se faire les yeux doux.

Elle poussa un soupir. Il était bon de voir que certaines personnes avaient de la chance dans leurs relations amoureuses. Giles le méritait bien.

La jeune fille s'approcha de lui.

— Salut.

Ils se dirigèrent ensemble vers la bibliothèque.

— Avons-nous chassé la nuit dernière ? s'enquit Giles.

— J'ai effectué quelques passages rapides dans le centre-ville.

— Tu as fait des rencontres ?

Buffy hésita. Ce n'était pas vraiment la peine de lui en parler, n'est-ce pas ? Qu'Angel ait une autre petite amie n'influait nullement sur leur combat contre les forces des ténèbres.

— Rien de vampirique, répondit-elle en haussant les épaules.

— De mon côté, j'ai effectué des recherches sur ton ami Spike. Son CV est assez peu ragoûtant, je l'avoue. Mais je n'ai toujours pas la moindre idée sur la raison de sa présence ici.

Buffy avait du mal à se concentrer sur leur conversation. Spike. Ah, oui. Une mauvaise nouvelle ambulante. Mais elle ne cessait de revoir l'image d'Angel enlaçant la fille brune.

— Tu finiras par trouver.

— Tu vas bien ? demanda Giles en plissant les yeux. Tu n'as pas l'air d'avoir le moral.

— Mais si, protesta la jeune fille sans conviction.

Son Gardien ne s'y laissa pas tromper.

— Tu pourrais prendre une soirée de repos, offrit-il.

— Ça, ce serait bien, dit Buffy, sincère.

Ils venaient d'arriver devant la bibliothèque. Le visage de Giles s'éclaira : il était tout heureux de faire plaisir à sa protégée.

— Profites-en pour passer un peu de temps avec Angel, suggéra-t-il.

Ouch. Ça, ça faisait mal. Mais bien entendu, il ne pouvait pas le savoir.

— Je ne sais pas trop, marmonna Buffy en contemplant le bout de ses chaussures. Il a peut-être prévu autre chose.

Elle s'éloigna tristement.

*
* *

Pendant le cours d'histoire, il fut question de la Révolution française, mais Buffy écoutait d'une oreille très distraite.

— Louis XVI était un roi faible, fit remarquer un élève.

— C'est assez exact, approuva le professeur. D'autres commentaires ?

Buffy déplia le petit mot que lui avait passé Willow. *Sais-tu qui était cette fille ?*

Dans la rangée de pupitres, devant elle, Alex était assis près de Cordélia qui, surprise des surprises, participait activement au débat.

— Je ne comprends pas pourquoi tout le monde critique autant cette pauvre Marie-Antoinette. Moi, j'ai beaucoup de sympathie pour elle : elle travaillait dur pour être aussi jolie, mais les gens ne savent pas apprécier ce genre d'effort.

Alex lui jeta un regard moqueur.

Non, écrivit Buffy. *Cheveux noirs, robe passée de mode, très jolie.* Elle replia le mot et le tendit à Willow.

Pendant ce temps, Cordélia était toujours occupée à défendre la monarchie française sous l'excellent prétexte que ses dirigeants avaient bon goût en matière vestimentaire.

— Je sais bien que les paysans étaient déprimés...

— Tu veux dire : opprimés, corrigea Alex.

— Peu importe, dit Cordélia avec un geste insouciant. (Elle détestait qu'on l'interrompe.) Ils étaient de mauvais poil, et ils se sont dit : « Pourquoi ne pas couper quelques têtes ? » Vous trouvez ça juste ? Marie-Antoinette se souciait tellement d'eux ! Pensez donc : elle allait leur donner de la brioche !

Alex jeta un regard incrédule à sa compagne.

Le professeur d'histoire se racla la gorge et dit poliment :

— C'est un point de vue intéressant...

Willow gribouilla quelque chose et fit repasser le bout de papier à Buffy, qui le déplia. *Vampire ?*

La cloche sonna. Les élèves se levèrent et rassemblèrent leurs affaires. Les deux jeunes filles sortirent ensemble dans le couloir.

— Je ne crois pas. Je ne sais pas, avoua Buffy. Mais ils avaient l'air en très bons termes.

Alex les rattrapa, prêt à se délecter des derniers ragots.

— Qui est en très bons termes avec qui ?
— Personne, répliqua Buffy.
— Angel et une fille, expliqua Willow.

Son amie lui jeta un regard plein de reproches.

— Nous ne sommes pas obligés de tout lui dire !
— Bien sûr que si, protesta Alex. Si Angel fait quelque chose de mal, je veux être le premier à le savoir... parce que ça me remonte le moral.

Il eut un sourire éclatant.

— Ça fait au moins un heureux, maugréa Buffy.

Ils se dirigèrent vers la salle officiellement dite d'études, mais qui était surtout un lieu de conversations animées.

— Tu as juste besoin de te distraire, déclara Alex sur un ton paternaliste. Et je sais exactement ce qu'il te faut. (Il fredonna un air à la mode tout en agitant les bras et en ondulant des hanches.) Une folle soirée au *Bronze* !

Buffy poussa un soupir.

— Je ne sais pas trop...

Alex bougea au ralenti.

— Une soirée calme au *Bronze* ? suggéra-t-il.

Puis, comme la jeune fille ne réagissait toujours pas, il se laissa tomber sur une chaise à côté de Willow.

— Une soirée *glande* au *Bronze* ?
— Moi, je proposerais plutôt un paquet d'Oreos trempés dans du jus de pomme, mais elle a peut-être

dépassé cette phase depuis le temps, dit une voix derrière eux.

Une voix que Buffy aurait reconnue n'importe où. Elle pivota...

— Ford ?

... Et mit ses bras autour du cou d'un grand jeune homme brun.

— Ford !

Il la serra contre lui.

— Salut, Summers. Qu'est-ce que tu deviens ?

C'était exactement le genre d'événements dont Buffy avait besoin pour lui remonter le moral.

— Que fais-tu ici ? interrogea-t-elle, avide.

— Je suis venu m'inscrire.

— Pardon ?

Elle ne voyait pas du tout de quoi il parlait.

— Je fini mon année de terminale à Sunnydale, expliqua Ford. Mon père a été muté dans le coin.

— C'est super ! se réjouit Buffy, oubliant ses petites misères.

Ford semblait un peu timide. Elle se souvenait de ses cheveux mi-longs et de son visage anguleux. Autrefois, elle aimait le taquiner en lui disant qu'il ressemblait à un héros de manga, les bandes dessinées japonaises.

— Ravi que tu le penses, approuva le jeune homme. Je n'étais même pas sûr que tu te souviendrais de moi.

— Tu plaisantes ? On a été à la même école pendant sept ans, et j'étais amoureuse de toi en CM2, répliqua Buffy, tout sourire.

— Si je comprends bien, vous vous connaissez déjà, intervint Alex.

— Oh !

Confuse, Buffy prit Ford par la main pour le présenter à ses deux meilleurs amis... Rectification : ses deux meilleurs amis de Sunnydale.

— Désolée. Voilà Ford... Euh, Billy Fordham. Ford, voilà Alex et Willow, dit-elle en les désignant tour à tour.

— Salut, lâcha Alex avec un de ses sourires forcés qui accompagnait parfois les agaçants monologues de Cordélia.

— Salut, répondit Ford.

— Ravie de faire ta connaissance, ajouta gentiment Willow.

— Ford et moi fréquentions tous les deux le lycée Hemery, à Los Angeles, expliqua Buffy. (Elle se tourna vers le jeune homme.) Alors, c'est vrai ? Tu t'installes à Sunnydale ?

— Comme je viens de te le dire, mon père a été muté. Il m'a arraché à Los Angeles pour me traîner ici.

— Je suis tellement contente ! s'exclama Buffy.

Elle le dévorait des yeux, se souvenant de l'époque où elle était encore une adolescente normale. En CM2, elle ignorait qu'elle deviendrait un jour la Tueuse. Et que ses parents se mettraient à se disputer et finiraient par divorcer.

Billy était un symbole de la vie qu'on lui avait arrachée, et ça lui faisait chaud au cœur de le retrouver.

— Je sais que c'est difficile de déménager, d'arriver dans un endroit où on ne connaît personne et de se faire de nouveaux amis, dit-elle, pleine de sympathie. Mais égoïstement, j'avoue que je m'en réjouis.

— Alors, vous étiez fiancés à l'école primaire ? demanda Willow.

— Même pas, la détrompa Buffy. (Elle jeta un regard légèrement embarrassé à Ford.) Il se rendait à peine compte de mon existence.

— C'est que j'étais déjà en sixième, expliqua le jeune homme en bombant le torse. Je ne m'intéressais pas aux fillettes.

— C'était terrible, gloussa Buffy. J'ai passé des mois entiers à soupirer après toi, assise toute seule dans ma chambre à repasser en boucle la chanson des Divinyls *I touch myself*.

Oups. Elle sentit le rouge gagner ses joues.

— Bien sûr, expliqua-t-elle à l'époque, je n'avais aucune idée de ce que ça voulait dire.

Ford se gratta la joue, et Alex attendit poliment qu'elle enchaîne. Willow ne réagit pas.

— Hé, enchaîna Buffy, tu fais quelque chose ce soir ? Nous allons au *Bronze*. C'est la seule boîte du coin. Il faut absolument que tu viennes.

— J'adorerais ça, approuva Ford, mais... Ne serait-ce pas m'imposer ?

— Seulement au sens littéral du terme, le rassura Alex.

Le jeune homme fit la moue.

— Dans ce cas, c'est entendu. (Il avait l'air très content.) D'ici là, je dois trouver le secrétariat et m'occuper de mon inscription.

— Je vais t'y emmener, proposa Buffy. (Elle se tourna vers Alex et Willow.) On se voit en cours de français.

— Je suis heureux d'avoir fait votre connaissance, déclara Ford.

— C'est réciproque, lui assura Willow.

La journée avait mal commencé, songea Buffy, mais elle faisait de son mieux pour se rattraper.

*
** *

Alex n'était pas heureux du tout. Il regarda Buffy s'empresser auprès du nouveau avec un sourire que ses plus fines plaisanteries n'avaient jamais suffi à lui arracher.

— Voici Ford, le meilleur de mes meilleurs amis, dit-il d'une voix aiguë, singeant Buffy. (Il poussa un soupir exaspéré.) Je me demande pourquoi elle ne fréquente aucun gros lard.

Willow, qui depuis quelques minutes fixait un point invisible d'un air préoccupé, sursauta.

— Oh. Alors, c'est de ça que parlait cette chanson ?

*
* *

En plein dans le mille !

Non. La poche ? Buffy ne savait plus comment ça s'appelait, et à vrai dire, elle s'en moquait bien.

Tandis que la musique résonnait et que les suspects habituels se trémoussaient sur la piste de danse, la boule numéro huit tomba dans la poche de la table de billard.

— Ford, tu as réussi ! s'exclama la jeune fille en rejoignant son Gang augmenté d'une nouvelle recrue.

Laquelle préparait son coup suivant, tandis qu'Alex frottait anxieusement le bout de sa queue avec le petit cube de craie.

Ford sourit.

— Ce n'était pas très difficile.

— Ford était juste en train de nous raconter le concours de beauté auquel tu as participé en troisième. Surtout le défilé en maillot de bain, gloussa Willow.

Buffy fit mine de s'indigner. C'était une histoire plutôt embarrassante.

— Arrête, Ford. Tu sais bien que je suis obligée de tuer tous les gens qui sont au courant... Tu ne veux quand même pas me priver de mes amis ?

Le jeune homme se mit en position pour frapper la bille la plus proche.

— Tu ne peux rien me faire, Summers : je connais tes plus noirs secrets, plaisanta-t-il.

— A ta place, je ne parierais pas là-dessus, répliqua Alex.

Buffy lui jeta un regard d'avertissement.

— Je vais me chercher à boire. Ford, tâche de tenir ta langue à partir de maintenant.

Elle se dirigea vers le comptoir au moment où une haute silhouette s'en détournait, un verre à la main.

Angel.

— Oh, lâcha Buffy à voix basse.

Le visage du vampire s'éclaira.

— J'espérais bien te trouver ici.

Il avait l'air très séduisant avec sa chemise noire aux motifs ésotériques... même si elle était aussi passée de mode que la robe de la fille brune. Buffy se demanda si Angel aimait ce qu'elle portait : du noir et du moulant, fait pour aguicher mais pas pour Tuer.

— Tu bois, remarqua-t-elle, surprise, en désignant sa tasse de café. Je veux dire, autre chose que du sang.

Angel lui décocha un sourire charmeur. C'était la première fois qu'elle le voyait faire une chose pareille.

— Il y a beaucoup de choses que tu ignores à mon sujet.

Buffy se renfrogna.

— Je n'en doute pas, répliqua-t-elle, glaciale.

*
* *

Ford jeta un coup d'œil à l'homme qui discutait avec Buffy, pendant qu'Alex et Buffy le surveillaient attentivement.

— C'est Angel, expliqua la jeune fille.
— Le petit ami de Buffy, ajouta Alex, espérant que ça décevrait le nouveau venu.
Ford le détailla.
— Il n'est pas au lycée, je parie. Il a l'air beaucoup plus vieux qu'elle.
— Tu ne peux pas savoir à quel point, marmonna Alex.

*
* *

Buffy leva les yeux vers Angel et posa la question qu'elle n'avait pas envie de poser, mais qu'elle devait poser quand même.
— Alors, qu'as-tu fait hier soir ?
Il haussa les épaules.
— Rien de spécial.
Elle n'avait pas envie de lui demander parce qu'elle ne voulait pas savoir si Angel voudrait – et pourrait – lui mentir. Mais à présent, elle se sentait obligée d'insister.
— Rien du tout ? Tu as cessé d'exister ?
— Non, je veux juste dire que je suis resté chez moi. Pour lire, dit Angel en fronçant les sourcils, comme étonné par sa question.
— Oh.
Donc, non seulement il lui mentait, mais il lui mentait bien. Si elle ne l'avait pas surpris en train de « lire » la nuit précédente, elle aurait gobé sa réponse sans problème.
Rien dans son visage ou son attitude ne trahissait la moindre duplicité, et pourtant... A quoi pouvait-elle s'attendre de la part d'un type qui avait réussi à cacher à la Tueuse qu'il était un vampire ?

Angel fixait Buffy. Elle savait qu'il savait que quelque chose la préoccupait. Mais elle n'avait pas envie d'en parler pour le moment...

Ni jamais, si elle avait le choix.

Aussi revint-elle vers ses amis.

*
* *

Buffy rejoignit le reste du groupe à la table de billard, consciente qu'Angel la suivait de près.

— Tu n'as rien pris à boire ? s'étonna Ford.

— Euh, non. Finalement, je n'avais pas soif, balbutia la jeune fille, mal à l'aise.

— Salut, Angel, dit Willow.

Buffy baissa les yeux. Tout, plutôt que de regarder son petit ami vampire.

— Bonsoir, lança Ford.

Obligée de présenter les deux garçons, Buffy tenta de faire contre mauvaise fortune bon cœur.

— Voilà Ford. Nous allions à l'école ensemble à Los Angeles.

Angel et lui se serrèrent la main. Ford écarquilla les yeux.

— Ouah, tu as les mains froides.

— Tu ne peux pas savoir à quel point ! lança Alex.

Le visage pareil à un masque, Angel dévisagea le nouveau venu en ville.

— Tu es là pour rendre visite à Buffy ?

— Pas exactement, le détrompa Ford. Je viens d'emménager en ville.

Ils étaient face à face, et Buffy admira Ford qui ne flanchait pas devant son petit ami pourtant plus vieux et plus sûr de lui.

Son petit ami qui la trompait.

Eternelle conciliatrice, Willow fit un geste vers la table de billard pour détendre l'atmosphère.

— Tu veux jouer avec nous, Angel ?
— Il y a vraiment beaucoup de monde ici, lâcha Buffy. J'ai trop chaud.

Délibérément, elle tourna le dos à Angel.

— Tu veux bien m'accompagner faire un tour dehors ? demanda-t-elle à Ford.
— Si tu veux, acquiesça le jeune homme.

Buffy jeta un coup d'œil à Angel, puis au reste du Gang.

— A demain, murmura-t-elle.

Ford et elle s'éloignèrent sous le regard impassible d'Angel.

— Bonne nuit, dit le vampire avec raideur.
— Toi aussi, répondit poliment Ford.

*
* *

Un silence gêné suivit le départ des deux jeunes gens.

— C'est reparti pour une soirée morose, soupira Alex.

Angel plissa les yeux.

— Ce type vient d'emménager ici ?
— Absolument, acquiesça Alex avec une pointe de satisfaction. Et comme tu peux le voir, il n'a pas perdu de temps.

Angel eut l'air peiné.

— Tu peux quand même jouer avec nous, si tu veux, offrit Willow.

Mais il avait déjà disparu. Elle ne savait pas comment il se débrouillait pour s'évaporer à chaque fois.

— C'est malin, dit-elle en jetant un regard plein de reproches à Alex.

*

Tout en quittant le *Bronze* en compagnie de Ford, Buffy se demanda ce qu'Angel avait pensé de sa sortie théâtrale. Lui avait-elle fait de la peine ? Etait-il blessé ailleurs que dans son amour-propre de mâle ?

— Si je comprends bien, avança innocemment Ford, c'était ton petit ami.

— Non, répondit Buffy. Enfin, si. Peut-être. (Elle eut un rire embarrassé.) Je n'ai pas vraiment envie d'en parler.

Ford haussa les épaules.

— Comme tu voudras. Alors, qu'y a-t-il d'autre à faire dans cette ville ?

A cet instant, Buffy entendit un grognement à l'angle de la rue.

C'était le moment d'improviser. Superman aurait cherché une cabine téléphonique. Et elle ?

— Euh... Mon sac ! s'écria-t-elle. Je l'ai laissé à l'intérieur ! Tu veux bien aller le récupérer ? Merci !

Ford haussa les sourcils.

— D'accord, dit-il.

— Super. Dépêche-toi.

Dès qu'il eut le dos tourné, Buffy s'élança vers l'angle de la rue.

*
* *

Intrigué par le comportement de Buffy, Ford s'arrêta à mi-chemin du *Bronze* et fit demi-tour, puis revint à pas prudents vers la ruelle.

Une jeune fille en pleurs passa devant lui en courant. Ford lui jeta un coup d'œil intrigué et se rapprocha du croisement, plus curieux que jamais.

Des bruits de combat déchirèrent le silence de la nuit. Le couvercle d'une poubelle vola dans les airs comme un frisbee.

Ford franchit l'angle.

*
* *

Le vampire n'était pas un adversaire particulièrement redoutable : stupide, lent et facile à frapper... mais néanmoins robuste, comme tous ceux de son espèce.

Buffy réussit à le plaquer contre le mur et à l'embrocher. Il lâcha un hurlement aigu, puis explosa dans un nuage de poussière.

La jeune fille soupira et revint vers le *Bronze*. Le moment était vraiment mal choisi pour ce genre d'interruption. Il ne manquait plus que...

... Ford ait assisté à la scène.

— Ah, tu es déjà là, balbutia Buffy.

— Que se passe-t-il ? s'enquit le jeune homme.

Inventer des reparties intelligentes juste après un combat n'était pas le fort de Buffy.

— Il y avait... un chat, marmonna-t-elle.

C'est ça. Comme s'il allait croire une ânerie pareille. Mais puisqu'elle était lancée, autant continuer.

— Deux chats, en fait. Très gros. Ils se sont battus en faisant un raffut du diable, et puis ils sont partis, dit-elle en ouvrant de grands yeux innocents.

C'était un mauvais mensonge mal raconté. Parfois, sa tendance naturelle à l'honnêteté lui jouait de sales tours.

— Ah bon, laissa tomber Ford. Je pensais que tu venais de tuer un vampire.

Buffy crut que ses yeux, toujours grands ouverts, allaient carrément sortir de leur orbites.

— Quoi ? Faire quoi à un quoi ?

Ford lui sourit.

— Je suis au courant, Buffy. Tu n'as pas besoin de me mentir. Je cherchais le bon moment pour t'en parler. Je sais que tu es la Tueuse.

*
* *

Allongée sur son lit au milieu de ses animaux en peluche, les pieds chaussés de pantoufles en forme de lapins, Willow bavardait au téléphone avec Buffy.

— Il t'a balancé ça comme ça ? s'étrangla-t-elle.

— Absolument, pépia son amie à l'autre bout de la ligne. Il l'a découvert juste avant que je me fasse renvoyer d'Hemery.

— Ouah... C'est super, souffla Willow. (Une hésitation.) C'est super, pas vrai ?

Chez elle, Buffy sourit.

— Je suppose que oui. Comme ça, je n'aurai pas à m'inquiéter qu'il découvre mon noir secret. Ça rendra les choses beaucoup plus faciles.

*
* *

Ford marchait entre les entrepôts abandonnés, dans des ruelles obscures que n'éclairait plus aucun lampadaire.

Arrivé devant un bâtiment en piteux état, il tambourina sur sa porte métallique. Au-dessus, quelqu'un avait peint l'image d'un coucher de soleil.

Un panneau glissa au centre du battant. Le portier détailla le nouveau venu et, l'ayant reconnu, ferma le panneau avant de lui ouvrir.

Ford entra et se dirigea vers une seconde porte. Il tapota le bras du type qui s'affairait sur les gonds. Dans sa main, un fer à souder au propane projetait des étincelles.

De l'autre côté s'étendait un monde à part, celui du Club du Soleil Couchant. Ford s'avança sur un balcon équipé de néons bleus qui éclairaient les clients de leur lueur maladive.

Les habitués adoraient ça.

Plus bas, sur la piste, des couples dansaient au son d'un musique éthérée en rêvant à des mondes plus sombres. Ils étaient vêtus de chemises à jabot, de dentelle noire et de capes. Une rose ornait leur revers, et s'ils en avaient eu les moyens, ils auraient dormi dans un cercueil doublé de satin.

Les nappes avait la couleur du sang, et tout le monde buvait dans des gobelets. Ford savait à quoi ils pensaient : si leur vie diurne avait pu ressembler un peu plus à tout ça...

Alors que le jeune homme se dirigeait vers l'escalier, il fut accosté par Marvin, l'aspirant vampire le plus gonflant de tous les temps. Sa cape bleu électrique ne faisait qu'ajouter à son aspect pathétique. Il n'était ni Tom Cruise, ni Brad Pitt : il aurait beau dépenser des fortunes en accessoires, il resterait ce pauvre Marvin.

— Salut, Ford, dit-il, tout excité.

— Salut, répondit le jeune homme en lui souhaitant (et pas pour la première fois) d'aller au diable.

— Alors, comment ça s'est passé ?

Marvin piaillait comme une fille. Ford avait un mal fou à le supporter.

— Bien, lâcha-t-il, évasif.

— Bien, c'est tout ? s'étonna Marvin. Alors, quand... ?

— Bientôt, coupa Ford.

Et ça, au moins, c'était la vérité. Mais il avait vexé Marvin.

— Bientôt, ouais... (Le jeune homme se renfrogna.) Tu pourrais quand même me donner un peu plus d'informations ! Je te fais confiance, moi. Mais je suis un peu pris à la gorge, et notre bail arrive à échéance. Où irons-nous ensuite ?

— Marvin, soupira Ford, désireux d'endiguer ce flot de paroles.

— C'est Diego, corrigea son interlocuteur, en regardant autour de lui pour s'assurer que personne n'avait entendu le prénom qui ne devait pas être prononcé. Tu sais à quel point j'y tiens.

Ford avait failli oublier. Marvin voulait porter un prénom plus sinistre et plus romantique que celui donné par ses parents.

— Prends un Ridalin, Diego, lui conseilla-t-il, et arrête de te biler. Tout se passera bien.

Une blonde vêtue d'une longue robe noire au décolleté plongeant, le visage couvert de maquillage blanc et les lèvres peintes en rouge écarlate, se dirigea vers les deux jeunes gens avec des gobelets dans les mains. Son vrai nom était Joan, mais comme Marvin, elle s'était débaptisée pour se faire appeler Chantarelle.

Ford prit un des gobelets qu'elle leur tendait, ouvrit son flacon de médicaments et avala une pilule.

— Sois prêt à agir quand je te le dirai, recommanda-t-il à Marvin.

Il sourit à Chantarelle, qui lui rendit un sourire nerveux mais excité.

— Je n'en peux plus d'attendre, avoua-t-elle.

— Je continue à penser que je devrais être au courant du plan, marmonna Marvin.

— Fais-moi confiance, Diego, le tança Ford avec un coup d'œil observant, par-delà la tête de son interlocuteur, pour les caméras de surveillance placées à des endroits stratégiques du club.

Pour l'heure, le Dracula joué par Jack Palance s'affichait sur tous les écrans. Ford le regarda en sirotant le contenu de son gobelet. Il connaissait par cœur chaque geste, chaque réplique.

Il désirait ce style de vie et toutes les promesses qu'il contenait.

— Encore quelques jours, dit-il pour apaiser Marvin, et nous ferons les deux choses que tous les jeunes Américains devraient faire. (Il eut un large sourire.) Mourir jeunes et rester beaux.

Puis il se perdit dans sa contemplation du film, prononçant chaque syllabe en même temps que Jack Palance... Ou plutôt, Dracula. Somme toute, ça ressemblait plus à un documentaire qu'à une fiction.

— Ainsi, vous osez vous dresser contre moi ! Moi, qui commandais des armées entières des siècles avant votre naissance. Imbéciles !

CHAPITRE II

Willow avait presque achevé ses préparatifs rituels pour aller au lit : un débarbouillage au savon, suivi par un coton imbibé de lotion astringente pour éliminer tout bouton potentiel, un coup de brosse à dents et un autre de brosse à cheveux pour démêler ses longues mèches rousses.

Quelqu'un se tenait devant sa porte-fenêtre. Nerveuse, elle jeta un coup d'œil à travers les stores vénitiens.

— Oh ! s'exclama-t-elle, surprise. Angel !

Elle alla ouvrir après s'être assurée qu'il n'y avait aucune activité parentale à proximité.

— Que fais-tu là ?
— Je voulais te parler.

Il avait l'air très sérieux et, d'une certaine façon, malheureux.

— Oh.

Willow s'écarta pour le laisser passer, mais il ne bougea pas.

— Tu comptes prendre racine ? demanda-t-elle gentiment.

— Je ne peux pas entrer à moins que tu ne m'y invites, lui rappela Angel.

Prise au dépourvu – jamais elle n'aurait pensé que le petit ami de Buffy la verrait un jour en chemise de nuit et pantoufles-lapins –, Willow en oubliait les règles vampiriques élémentaires.

— Bien sûr, où avais-je la tête ? Euh... Je t'invite à entrer.

Il franchit le seuil.

Willow se tourna vers son lit. *Oh, non !* Son soutien-gorge gisait sur la couette, offert à la vue du monde entier... et de tous les vampires qui se tenaient dans sa chambre. D'un geste vif, elle le fourra sous son oreiller.

— Si je tombe mal..., commença Angel.

— Non, non, pas du tout, le détrompa Willow. (Elle jeta un regard anxieux vers la porte.) C'est juste que je ne suis pas censée inviter des garçons dans ma chambre.

Et elle n'avait jamais enfreint le règlement... Plus par manque d'occasion que par obéissance, d'ailleurs. C'était bien sa veine que le premier garçon qui se présentât soit le petit ami vampire de sa meilleure copine.

— Ne t'en fais pas, dit Angel avec un léger sourire. Je te promets de bien me tenir.

Willow hocha la tête.

— Tant mieux.

Il poussa un soupir.

— Je suis venu parce que... j'ai besoin de ton aide.

— De mon aide ? répéta Willow.

Son visage s'éclaira. Elle serait ravie d'avoir autre chose à faire que le regarder bêtement dans ses pantoufles en forme de lapins.

— Tu veux dire, pour tes devoirs ? Mais non : tu es suffisamment âgé pour avoir déjà appris tout ce dont tu as besoin.

— En fait, expliqua Angel, je voudrais que tu cherches des informations pour moi. Sur Internet.

D'un signe de tête, il désigna l'ordinateur de la jeune fille.

— Oh ! (C'était encore mieux que de faire réviser quelqu'un.) Super ! Je suis la meilleure surfeuse des environs ! se vanta Willow.

Elle alla s'asseoir à son bureau et alluma son ordinateur.

— J'ai besoin de tout ce que tu pourras trouver. En fait, je ne sais pas exactement ce que je cherche, avoua Angel.

Willow se connecta au réseau mondial et posa ses mains sur le clavier.

— Quel nom ? demanda-t-elle.
— Billy Fordham.

La jeune fille sursauta.

— Euh, Angel... Si je te dis quelque chose que tu n'as pas envie d'entendre, tu promets de ne pas me mordre ?

Le vampire semblait encore plus pâle que d'habitude. Il la dévisagea de ses grands yeux sombres profondément enfoncés dans leurs orbites.

— Sous-entendrais-tu que je suis jaloux ?

Willow n'aimait pas le tour que prenait cette conversation.

— Ça m'en a tout l'air.

Angel réfléchit quelques instants.

— Ça ne me serait jamais arrivé avant, soupira-t-il.

Il s'assit sur le lit de la jeune fille.

— Avant, les choses étaient simples. J'ai passé un siècle à traîner comme une âme en peine, en proie à des remords dévorants. (Il esquissa un sourire.) J'étais passé maître dans l'art de faire la gueule. Puis elle est arrivée...

Angel avait cette expression hantée, de désir et de frustration mêlés, dont Willow n'avait entendu parler que dans les romans d'amour. De ce côté-là, toute son éducation restait encore à faire... Peut-être qu'ensuite, elle comprendrait mieux les chansons des Divinyls.

Angel hocha la tête.

— C'est vrai que je suis jaloux. Mais je connais bien les gens, et mon instinct me dit que quelque chose cloche chez ce type.

— D'accord.

Willow avait confiance en Angel ; s'il pensait que Ford était bizarre, elle voulait bien le croire. Aussi lança-t-elle sa recherche.

— Mais si je ne trouve rien d'étrange... Hé, ça, c'est étrange !

Angel se leva et vint se placer derrière la jeune fille pour regarder son écran.

— Quoi donc ?

— Je viens d'ouvrir les fichiers administratifs du lycée, et il ne figure pas dedans. Normalement, Hemery aurait dû transférer ses notes et son dossier scolaire. Mais il n'est même pas inscrit à Sunnydale.

Un peu inquiète, Willow tapa plus vite.

— Il a dit qu'il l'était ? interrogea Angel.

— Oui. Je vais voir si je peux...

Dans le couloir, Mme Rosenberg appela :

— Willow ? Tu es encore debout, ma chérie ?

La jeune fille paniqua.

— Argh ! Va-t'en, vite ! chuchota-t-elle d'une voix pressante.

Angel fila vers la porte-fenêtre.

— J'allais me coucher, maman, répondit Willow un ton plus haut. (A Angel, elle murmura :) Reviens demain après le coucher du soleil. Je te dirai ce que j'ai trouvé.

Il hocha la tête et ajouta :

— Ne raconte pas à Buffy que je suis venu te voir, d'accord ? Et ne lui parle pas non plus de tes recherches. Pas encore.

— Tu veux que je lui mente ? s'offusqua Willow. C'est ma meilleure amie !

— Contente-toi de garder le silence, ordonna Angel. Jusqu'à ce que nous sachions exactement de quoi il retourne.

— D'accord. Mais tu te fais sans doute des idées, déclara Willow.

— J'aimerais bien, soupira Angel, sincère.

*
**

C'était le second jour de Ford au lycée de Sunnydale. Buffy était ravie de sa présence, et encore plus de n'avoir pas à lui cacher son identité et ses activités secrètes.

Un peu plus loin, elle aperçut Willow en train de boire, penchée sur une fontaine à eau.

— Hé, Will ! appela-t-elle. Quoi de neuf ?

La jeune fille se redressa d'un bond, manqua de peu s'étrangler et gargouilla :

— Rien du tout.

Ouah, elle était drôlement nerveuse !

— Tu veux venir avec nous ? proposa Buffy. On va à la cafétéria.

Les yeux de Willow papillonnèrent de gauche à droite, comme si elle cherchait une issue de secours.

— Non, merci, balbutia-t-elle. Je vais en salle informatique pour... travailler sur un projet. Alors, je ne peux pas vous accompagner pour le moment. Salut, Ford.

— Bonjour, répondit le jeune homme avec un sourire amical.

Buffy jeta un regard sévère à sa meilleure amie.

— Allez, Will, avoue.

La jeune fille ouvrit de grands yeux affolés, comme un cerf ébloui par les phares d'une voiture.

— Quoi donc ?

— Tu t'es remise à boire du café, pas vrai ? demanda Buffy en imitant la voix de sa mère. Je croyais pourtant que nous en avions déjà parlé...

Willow éclata d'un rire à demi hystérique.

— Le café me rend hypernerveuse, expliqua-t-elle à Ford. (Puis, reportant son attention sur Buffy :) Il faut que j'y aille. Tout de suite.

Et elle s'enfuit presque en courant.

— Gentille fille, dit Ford.

— Unique en son genre, gloussa Buffy.

Il faudrait vraiment qu'elle convertisse Willow à la chicorée.

Giles rejoignit les deux jeunes gens. Il jeta un bref coup d'œil à Ford, puis se tourna vers sa protégée.

— Buffy, Mlle Calendar et moi allons... quelque part... ce soir. Elle m'a donné son numéro de bipeur au cas où tu aurais besoin de moi pour... (A nouveau, il regarda Ford.) T'aider à faire tes devoirs.

Buffy baissa la voix et se pencha vers son Gardien.

— C'est bon, Giles, il est au courant.

Le bibliothécaire sursauta.

— Comment ?

Buffy sourit, enchantée de son petit effet.

— Ford sait que je suis la Tueuse.

— C'est vrai, acquiesça le jeune homme.

— Oh. Parfait.

Giles adressa un sourire poli à Ford et, prenant Buffy par le bras, l'entraîna un peu à l'écart.

— Ne me dis pas, chuchota-t-il, que tu révèles ton identité secrète à tous les garçons mignons auxquels tu t'intéresses ? Histoire de les impressionner, par exemple.

— Je n'ai pas eu besoin de le lui dire, le détrompa Buffy. Il s'en était aperçu tout seul.

— Ah. Dans ce cas... (Giles réfléchit quelques instants.) Bon, si tu me cherches...

— Vas-y, le pressa Buffy. Profite de ta soirée. Amuse-toi, pour une fois : tu vas voir, c'est assez agréable. De mon côté, je tenterai de ne pas provoquer de crise.

*
* *

On aurait pu appeler ça « la grande visite guidée de Sunnydale by night ». Ou un quart d'heure d'ennui ferme, si on était la Tueuse et habituée à des soirées pleines d'action. Ou une sympathique promenade avec un ami, si on était une adolescente de seize ans qui s'est fait injustement renvoyer de son ancien lycée pour se retrouver en exil dans l'étrange petit royaume surnommé Bouche de l'Enfer.

— Et à ta droite, une fois de plus, notre magnifique campus. Je pense que tu as vu à peu près tout ce qu'il y avait à voir dans Sunnydale, acheva Buffy.

— C'est vraiment..., commença Ford, cherchant ses mots.

— Ennuyeux, tu peux le dire. Pas la peine de te gêner avec moi, dit Buffy.

Le jeune homme hocha la tête.

— Ennuyeux, c'est parfois bien. Quoi que... Ne seraient-ce pas des vampires que j'aperçois là-bas ?

Buffy tourna la tête. Deux silhouettes furtives se faufilaient vers le bâtiment administratif. Elle hocha la tête.

— Ça doit être le temps...

De sa poche, elle tira une croix qu'elle tendit à Ford, et un pieu qu'elle empoigna fermement. A sa grande surprise, le jeune homme sortit de sa veste un second pieu format débutant.

— Reste près de moi, lui recommanda-t-elle.

Ensemble, ils s'avancèrent jusqu'au bâtiment, grimpèrent les marches et se dissimulèrent dans un coin sombre. Buffy jeta un coup d'œil à la ronde, mais les vampires avaient disparu.

— Ils ne faisaient peut-être que passer, suggéra Ford.

Buffy se tourna vers lui pour répondre :

— Je ne pense pas.

Au même moment, une femelle vampire blonde se rua sur elle. Buffy leva un genou et lui en flanqua un coup dans le front, puis la projeta en avant sans douceur.

Sonnée, son adversaire demeura étendue sur le sol. Mais un mâle beaucoup plus imposant se jeta sur la jeune fille, l'entraînant par-dessus le parapet.

Ils atterrirent dans l'herbe. Buffy se déchaîna : un coup de pied dans la figure, quelques bons coups de poings et, pour finir, la cerise sur le gâteau... ou plutôt, le pieu dans le cœur.

*
* *

La femelle blonde gisait sur le dos. Une vraie vampire ! Ford, qui avait du mal à y croire, se pencha au-dessus d'elle en brandissant sa croix pour l'immobiliser.

C'était merveilleux.

La pointe du pieu posée sur sa poitrine, il dit précipitamment :

— Je te laisse une chance de t'en sortir. Révèle-moi ce que je veux savoir, et je te laisserai partir.

*
* *

Les plus gros vampires produisaient sans doute un plus gros tas de cendres.

Qui sait ?

Comme elle avait autre chose de plus intéressant à faire, Buffy ne s'attarda pas sur ces considérations et remonta l'escalier.

— Où est passée l'autre ? demanda-t-elle à Ford.

Le jeune homme haletait. Une quinte de toux le secoua.

— Je l'ai tuée, et elle est tombée en poussière. C'était étonnant.

Buffy lui jeta un coup d'œil rempli d'un respect nouveau.

*
* *

Alex, Willow et Angel traversaient le quartier industriel de la ville. A mesure que la jeune fille leur révélait qu'elle n'avait rien à révéler, ses deux compagnons sentaient leur inquiétude grandir.

— La seule chose que j'aie pu trouver, c'est cette adresse : le Club du Soleil Couchant. Mais rien de vraiment louche.

— Il ne laisse aucune trace derrière lui, pas le moindre papier ou fichier. Moi, je trouve déjà ça suffisamment louche, fit remarquer Angel.

— Pour une fois, je suis d'accord avec le Mort-Vivant, acquiesça Alex, d'humeur généreuse.

— Tu pourrais arrêter de m'appeler comme ça, s'il te plaît ? répliqua sèchement Angel.

Ils arrivèrent devant un bâtiment en piteux état, dont la porte était surmontée par l'image d'un soleil couchant. Angel toqua au battant métallique, et un panneau glissa sur le côté.

— Nous sommes des amis de Ford, improvisa-t-il.

Le portier hocha la tête et leur ouvrit.

Plus gothique, tu meurs, songea Alex en découvrant l'intérieur du club.

Celui-ci était décoré aussi sommairement que le *Bronze*, mais baigné par la lueur étrange de néons bleus. Des chandeliers recouvraient presque toutes les surfaces disponibles. *Si les pompiers voyaient ça, ils leur colleraient une sacrée amende !*

Tous les clients portaient des vêtements noirs en dentelle ou en satin, avec jabot ou corset. Ils avaient teint leurs cheveux en noir corbeau et s'étaient maquillés en blanc, ce qui leur donnait l'air d'un ramassis de tuberculeux en phase terminale.

Le look parfait, à condition de s'appeler docteur Kevorkian.

— Je ne crois pas que nous nous fondions vraiment dans la masse, fit remarquer Willow, anxieuse, en jetant un coup d'œil dans la salle.

C'était l'euphémisme du siècle. La jeune fille portait un sweater aux couleurs de l'arc-en-ciel, et Alex une chemise pastel XXL par-dessus un T-shirt vert.

— On va se faire remarquer, acquiesça-t-il. Comme le nez au milieu de la figure.

— Peu importe, coupa Angel, dont les vêtements sombres semblaient déjà plus conformes au code vestimentaire en vigueur dans ce lieu. Nous avons du travail. Je vous charge de fouiller le bas.

Puis, fidèle à son habitude, il exécuta son numéro d'Houdini et disparut.

— Chef, oui chef, marmonna Alex.

Willow lui posa une main apaisante sur le bras et ils descendirent l'escalier.

— Est-ce que ça se remarque vraiment ? s'interrogea la jeune fille à voix haute.

Alex n'avait pas du tout suivi son raisonnement.

— De quoi parles-tu ?

— Tu sais, cette histoire de nez. A moins d'en avoir un vraiment grand, je pense que la plupart des gens n'y font pas attention. C'est ce que tu regardes en premier chez une fille, toi ? demanda Willow.

Alex lui jeta un regard affectueux.
— Tu réfléchis trop, ma grande.

*
* *

Sur le balcon, Angel observait la salle. Alex et Willow descendirent la dernière marche métallique et furent accueillis par un type qui se tenait devant un cercueil.

— Ne remarques-tu pas une sorte de thème sous-jacent ? s'enquit le jeune homme.
— Le vampirisme, au hasard ? suggéra Willow.
— Tout à fait au hasard, oui...

Une fille aux lèvres écarlates, et à la poitrine avantageusement mise en valeur par un Wonderbra, vint se planter devant eux.

— Vous êtes nouveaux, je parie, avança-t-elle.
— Oh, non, répliqua vivement Willow. Nous venons ici presque tous les soirs.

Vampirella eut un sourire indulgent.

— N'ayez pas honte. C'est très bien d'avoir l'esprit ouvert. Tous ceux qui s'intéressent aux Solitaires sont les bienvenus.
— Les Solitaires ? répéta Willow.
— Les vampires, expliqua Angel en apparaissant soudain derrière eux.
— Ah, eux ! D'habitude, nous les appelons « les méchants aux longs crocs », expliqua Alex à la fille.
— Beaucoup de gens se trompent à leur sujet, dit celle-ci patiemment. Mais ceux qui hantent la nuit ne veulent de mal à personne. Ce sont des créatures supérieures à nous. Sages et exaltées.
— Idiote ! cracha Angel d'une voix si dure que même Alex en fut surpris.

Willow sursauta, et la fille prit un air blessé.

— Pas la peine de t'énerver. Pourquoi ton point de vue serait-il le seul valable ?

Elle s'éloigna, sans doute en quête de gens qui hantaient la nuit d'une manière plus sage et plus exaltée. Et, dans le cas d'Alex, avec des fringues moins craignos.

— Ravie d'avoir fait ta connaissance, cria Willow dans son dos.

Frustré, Alex fronça les sourcils.

— Tu as vraiment un don pour t'attirer la sympathie des autres, dit-il à Angel.

— Maintenant, plus personne ne voudra nous parler, ajouta plaintivement Willow.

Mais Angel ne s'excusa pas : il était bien trop énervé.

— J'en ai assez vu. Ces gens ne sont que des enfants qui s'inventent des histoires au sujet de gentils vampires pour se réconforter dans les ténèbres.

— Est-ce condamnable ? demanda Willow. Parfois, les ténèbres sont vraiment... ténébreuses. Et c'est bien d'avoir une histoire à se raconter.

Mais Angel n'en démordit pas.

— Ils ne savent rien sur les vampires. Ce qu'ils sont, comment ils vivent, comment ils s'habillent...

A cet instant, un jeune homme portant la même chemise de satin bordeaux, le même jean noir et la même veste qu'Angel passa près du trio.

Alex et Willow jetèrent au petit ami de Buffy un regard moqueur, et il eut la bonne grâce de prendre l'air embarrassé l'espace d'une demi-seconde.

— Tout de même, déclara Alex, je serais curieux de savoir pourquoi Ford, le meilleur des meilleurs amis de Buffy, traîne avec ces aspirants vampires.

*
**

Ils remontèrent l'escalier sans s'aviser qu'un jeune homme vêtu d'une chemise à jabot et d'une cape bleue, connu de tous les membres du club sous le nom de Diego, était suspendu aux mots qui tombaient de leurs lèvres.

*
* *

— Je pense que Ford nous cache quelque chose, avança Willow. (Puis, se tournant vers Angel :) Tu avais raison à son sujet.

*
* *

Il était déjà très tard lorsque Buffy, Giles et Jenny Calendar pénétrèrent dans la bibliothèque.
— Désolée de vous avoir bipés en plein milieu de votre rendez-vous, s'excusa la jeune fille, mais ça m'a paru un peu bizarre.
— Tu as bien fait, la rassura Giles.
Jenny inclina la tête.
— Vous avez détesté à ce point ?
— Bien sûr que non, mentit Giles avec un sourire contraint. Mais des vampires qui rôdent sur le campus... Ça pourrait être grave.
— Vous auriez dû me le dire, le gronda Jenny.
Mis au pied du mur, le bibliothécaire conserva son flegme britannique, persista et signa.
— Honnêtement, j'ai toujours eu envie d'assister à une de ces conventions de camions géants. Je vous le jure, ajouta-t-il, un accent désespéré dans la voix.
Buffy n'en crut pas ses oreilles.
— Vous l'avez emmené à la convention de camions ?
Mlle Calendar haussa les épaules.

— J'ai pensé que ce serait original.
— Oh, ça l'était, lui assura Giles, sincère.
— Si ça ne vous plaisait pas, nous n'étions pas obligés de rester.
— Pour rien au monde je n'aurais manqué ces étonnantes cascades. Vous savez, celle où les camions se couchaient sur le côté et prenaient feu...
— Désolée de vous interrompre une nouvelle fois, mais pourrions-nous revenir à nos moutons ? demanda Buffy. Ou plutôt, à nos vampires. Ils devaient avoir un but bien précis.
— Que nous devons découvrir, acquiesça Giles.
D'un pas ferme, il ouvrit la marche vers la grande table d'étude.
— Où est ton ami ? interrogea Jenny.
— Je l'ai renvoyé chez lui, répondit Buffy.
— Parfait, approuva Giles. Moins il sera mêlé à tout ça, plus il sera en sécurité.
La jeune fille se rengorgea, très fière de Ford.
— Il a quand même tué une vampire. Pour sa première sortie avec moi, ce n'est pas mal du tout...
Elle saisit une photo qui traînait sur la table.
— Qu'est-ce que c'est ?
— Quelque chose ne va pas ? demanda Mlle Calendar en voyant son air choqué.
La photo était floue. La fille qu'on y voyait n'était pas coiffée ni vêtue de la même façon, mais Buffy l'aurait reconnue entre mille : c'était la petite amie d'Angel.
— Elle s'appelle Drusilla, déclara Giles. Une ancienne compagne de Spike. Elle a été tuée par une foule en colère à Prague.
— Les foules en colère ne sont plus aussi efficaces qu'autrefois, dans ce cas, parce que cette fille est toujours vivante, répliqua amèrement Buffy. (C'était humiliant, mais elle devait le dire.) Je l'ai vue avec Angel l'autre soir.

— Avec Angel ? répéta Giles, surpris.
— N'est-il pas censé être de votre côté ? intervint Mlle Calendar.
— Si, admit à regret Buffy.
— Dans ce cas, nous ferions bien d'effectuer quelque recherches sur cette jeune dame.

Aussitôt, Giles passa à l'action. C'était le domaine où il se sentait le plus à son aise.

— Les ouvrages que j'ai reçus la semaine dernière nous seront sans doute utiles, dit-il en se dirigeant vers son bureau. J'avais commencé à...

Soudain, une vampire blonde jaillit par la porte du bureau, un épais volume sous le bras. Elle bouscula Giles, qui heurta Buffy. Tous deux s'effondrèrent pendant que la créature bondissait sur la table, puis sur la mezzanine, avant de disparaître entre les étagères.

Giles se releva. Buffy gardait le regard fixé sur l'endroit où les ténèbres avaient englouti la vampire.

— Vous allez bien ? s'inquiéta Mlle Calendar.
— Mon livre ! s'indigna le bibliothécaire. Elle a volé mon livre !
— Pour une fois que quelqu'un s'intéresse à la même chose que vous, vous devriez vous en réjouir, dit la jeune femme.
— Il a dit qu'il l'avait tuée, murmura Buffy, surprise. (Puis, haussant la voix.) C'est la vampire que Ford prétend avoir tuée.
— Il t'a menti ? s'étonna Giles.
— Apparemment.

Mais pourquoi ? se demandait Buffy.

CHAPITRE III

Au fond de leur antre, dans une usine désaffectée de Sunnydale, Spike entendit Drusilla s'adresser d'une voix douce à l'oiseau qu'elle gardait dans une petite cage.

— Tes chansons sont si jolies, le flattait-elle. Ne m'en siffleras-tu pas une ? Ne m'aimes-tu plus ?

Oh, miséricorde, pas encore !

— Ma chérie, dit Spike sur un ton jovial mais prudent, en se dirigeant vers elle. Je viens d'entendre une chose bizarre. Lucius prétend que tu es sortie chasser l'autre nuit.

Les yeux rivés sur la cage, Drusilla ne se retourna pas.

— Mon estomac gargouillait, marmonna-t-elle. Et tu n'étais pas là.

Elle se concentra sur l'oiseau. Ou plutôt, le cadavre de l'oiseau.

— Allons, lui ordonna-t-elle, chante ! Sinon, je boude.

Ainsi, Lucius avait dit vrai. Si Spike avait encore eu une tension artérielle, celle-ci serait montée en flèche. Mais il se contenta de revenir sur le sujet qui le préoccupait.

— Tu as rencontré quelqu'un ? interrogea-t-il. Quelqu'un d'intéressant ? (Puis, voyant qu'elle ne répondait pas :) Angel, par exemple ?

— Angel, murmura rêveusement Drusilla.

La colère explosa en Spike. Angélus l'avait éveillé à cette existence immortelle et traité comme un frère pendant de nombreuses années. A présent, Spike le haïssait. Mais il s'efforça de garder un ton plaisant.

— Alors, de quoi avez-vous parlé tous les deux ? Du bon vieux temps ? Des tours que vous jouiez autrefois ? (Sa voix se fit tranchante.) Tu ne trouves pas que c'est un peu déplacé, vu qu'il est passé à l'ennemi ?

Drusilla continua à l'ignorer. Méthodique dans sa folie, elle faisait comme si tout ce qui l'ennuyait n'existait pas.

Elle inclina la tête et dit :

— Je te donnerai des graines si tu chantes pour moi.

Spike perdit patience.

— Cet oiseau est mort, Dru. Tu l'as abandonné dans sa cage sans le nourrir, et maintenant il est mort. Comme le précédent.

Drusilla poussa un gémissement aigu et parut sur le point de fondre en larmes. Elle ressemblait à une fillette perdue.

Aussitôt, Spike s'en voulut de l'avoir rudoyée. Ce n'était pas sa faute si elle était folle.

— Désolé, mon amour. Je suis méchant avec toi. Mais tu sais que je n'aime pas quand tu sors toute seule. Tu es encore trop faible.

Il lui prit la main et suça un de ses doigts.

— Tu veux un autre oiseau ? Un qui ne soit pas mort ?

Alors, Drusilla sourit. Pas à Angel ni au souvenir d'un amour perdu : à lui, Spike.

Ce moment fut brisé par l'exclamation joyeuse d'un jeune humain.

— Ouah ! Méga cool ! J'adorerais vivre ici !

Spike pivota dans sa direction, ses yeux jetant des éclairs meurtriers.

L'intrus ressemblait vaguement à l'ami trop bavard de la Tueuse, celui qui s'appelait Alex.

— Personne ne monte la garde ici ? s'écria Spike, furieux. Bravo pour la sécurité ! Vous vous êtes tous endormis ou quoi ?

Il se dirigea vers le jeune homme et eut un sourire de prédateur.

— A moins que nous n'ayons enfin trouvé un restaurant qui livre à domicile.

Un à un, les suppôts de Spike émergèrent de l'ombre, silhouettes menaçantes et silencieuses.

A sa décharge, le vampire dut reconnaître que le garçon ne tremblait pas. Il semblait nerveux et excité en même temps. Spike en avait côtoyé beaucoup comme lui...

... Mais toujours brièvement.

— Je sais qui vous êtes, annonça le jeune humain.

— Moi aussi, je sais qui je suis, répliqua sèchement Spike. Et alors ?

— C'est vous que je cherchais, dit l'intrus. (Tellement jeune. Tellement déterminé. Tellement sur le point de mourir.) Vous êtes Spike, n'est-ce pas ? William le Sanglant ?

— Et toi, tu es un imbécile en sursis.

Une femelle vampire blonde nommée Julia s'approcha de Spike et lui remit un volume relié de cuir. Elle semblait étonnée par la présence de l'humain. Spike prit mentalement note de découvrir pourquoi.

Il ouvrit le livre et le feuilleta avec un sourire amusé. L'ouvrage contenait toutes sortes d'informations sur les Tueuses.

— Ceci va m'être très utile, approuva le vampire. (Il parcourut quelques pages du regard, sans daigner jeter un coup d'œil au garçon.) Alors, comment as-tu réussi à me trouver ?

— Peu importe, répondit l'impudent. J'ai quelque chose à vous proposer.

Spike leva les yeux vers lui.

— Normalement, déclara le jeune homme, vous devriez sortir une montre et me dire que j'ai trente secondes pour vous convaincre de ne pas me tuer. C'est la tradition.

Pour qui se prenait ce petit merdeux ?

— Ah oui ? grogna Spike en refermant le livre et en le laissant tomber. Je n'ai jamais été très porté sur les traditions.

Il fondit sur le jeune homme et le prit par l'oreille. L'intrus écarquilla les yeux de terreur, et il haleta. Tant mieux : son sang n'en serait que plus savoureux...

Drusilla posa une main sur l'épaule de Spike.

— Attends un peu, mon chéri.

Elle prenait ce ton chaque fois qu'elle avait une vision. S'il doutait de ses capacités à soigner un animal, Spike avait appris à faire confiance à son instinct.

— J'attends, grommela-t-il.

— Allez, dites-le, supplia le garçon. Ce n'est pas drôle si vous ne le dites pas.

— Si je ne dis pas quoi ? Oh... (Spike leva les yeux au ciel.) Tu as trente secondes pour me convaincre de ne pas te tuer, lâcha-t-il sans le moindre enthousiasme.

Le jeune homme fut ravi.

— C'est ça ! Vous voyez ? C'est le meilleur moment ! (Il rayonnait.) Je veux être comme vous. Un vampire, clama-t-il avec emphase.

Spike eut un sourire amusé. Un peu déçu que le garçon ne demande rien de plus original, mais amusé.

— Je te connais depuis deux minutes, et j'ai déjà du mal à te supporter. Je ne me vois pas supporter ta présence pour l'éternité.

Il se tourna vers Drusilla.

— Peut-on le manger, à présent ?

— Attendez un peu, coupa le jeune homme, les yeux brillants d'excitation. Je vous propose un marché. Vous faites de moi un vampire, et je vous livre la Tueuse.

Cette fois, Spike dut admettre qu'il avait toute son attention.

Et celle de chacun de ses suppôts.

*
* *

Une fois de plus, Joyce Summers faisait des heures supplémentaires à la galerie. Buffy était seule à la maison, en train de se préparer un chocolat, lorsque Angel apparut derrière la porte de la cuisine.

— Je peux entrer ? demanda-t-il.

La jeune fille tenta de cacher sa surprise.

— Bien sûr. Une fois qu'on t'avait invité dans un endroit, je croyais que tu pouvais y pénétrer quand tu voulais.

— C'est le cas, confirma Angel. J'essayais juste de me montrer poli.

Buffy entoura de ses mains sa tasse brûlante. A l'intérieur, elle se sentait glacée jusqu'à la moelle.

— Il faut que nous parlions, dit Angel d'une voix pressante.

Buffy déglutit.

— Vraiment ?

Elle prit sa tasse et se dirigea vers la salle à manger. La question qu'elle avait vraiment envie de lui poser, c'était : « Ne m'aimes-tu donc plus ? Comment peux-tu me mentir au sujet d'une autre fille, après toutes les épreuves que nous avons traversées ensemble ? » Mais elle garda le silence.

Angel la suivit.

— C'est à propos de ton ami Ford, déclara-t-il. Il n'est pas ce dont il a l'air.

Buffy leva la tête pour détailler les yeux sombres et la bouche qui gardait toujours un pli triste, même lorsque Angel souriait. Elle songea qu'elle ne l'avait jamais entendu rire.

— Comme beaucoup de monde ces temps-ci, répliqua-t-elle sèchement.

Angel ne comprit pas ou choisit de ne pas relever cette allusion.

— Willow a effectué des recherches sur lui.

— Willow ? s'exclama Buffy, blessée.

Depuis quand sa meilleure amie violait-elle son intimité sans même la prévenir ?

— Nous avons trouvé une adresse, poursuivit Angel. Nous nous y sommes rendus avec Alex, et...

— Alex aussi ? s'étrangla Buffy. Alors, tout le monde participe à la grande conspiration ?

Soufflée, elle se laissa tomber sur le canapé. Angel fronça les sourcils.

— De quoi parles-tu ?

— De confiance. Un mot dont, visiblement, tu ignores le sens. (Buffy regarda Angel dans les yeux.) Qui est Drusilla ? demanda-t-elle d'une voix dure.

Le visage du vampire se décomposa comme si elle venait de lui annoncer la mort d'un proche. Bien qu'ébranlée, Buffy refusa de s'arrêter en si bon chemin.

— Et ne me mens pas. J'en ai assez qu'on me dissimule la vérité, insista-t-elle.

— Parfois, les mensonges sont nécessaires, murmura Angel.

Tout à coup, il semblait très vieux et très fatigué.

— Pourquoi ? demanda Buffy.

— Parce que la vérité est trop horrible. (Le vampire détourna le regard, puis le reposa sur Buffy.) Si tu vis assez longtemps, tu le découvriras par toi-même.

— Je suis forte, protesta la jeune fille. Je peux encaisser la vérité.

— Est-ce que tu m'aimes ? s'enquit doucement Angel, en scrutant son visage.

Buffy sursauta.

— Je te demande pardon ?

— Oui ou non ?

C'était la question qui tracassait tous les amants du monde. Le petit ami vampire de la Tueuse la lui posait, comme elle se l'était elle-même posée des centaines de fois.

Les yeux de Buffy se remplirent de larmes.

— Oui, je t'aime. Mais je ne sais pas si je peux te faire confiance.

— Peut-être qu'aucun des deux n'est une bonne idée, dit Angel.

— Peut-être que c'est à moi d'en décider, répliqua la jeune fille sur un ton de défi.

Angel laissa passer quelques secondes. Puis il se lança avec une expression douloureuse, comme si ce qu'il était sur le point de dire lui coûtait beaucoup. Les mots se bousculèrent pour sortir de sa bouche : tant qu'à se confesser, autant en finir au plus vite.

— J'ai fait beaucoup de choses condamnables après être devenu un vampire. Drusilla fut mon erreur la plus tragique. Elle m'obsédait littéralement. Elle était douce, pure et chaste.

— C'est toi qui l'a transformée, dit lentement Buffy.

— J'ai commencé par la rendre folle, avoua Angel. En tuant ceux qu'elle aimait, en lui infligeant toutes les tortures mentales possibles et imaginables. Elle a fini par se réfugier dans un couvent. Le jour où elle a prononcé ses vœux, je l'ai transformée en démon.

Un instant, Buffy ne sut que répondre. Elle n'osait même plus regarder Angel en face.

— Je voulais la vérité et je l'ai eue, souffla-t-elle.

Mais après pareille révélation, pourrait-elle encore aimer Angel ? Pourrait-elle lui pardonner ?

Angel ne cherchait pas le pardon de Buffy. Il se préoccupait de sa sécurité.

— Ford appartient à une sorte de société secrète qui vénère les vampires. Je ne sais pas ce qu'il attend de toi, mais probablement rien de bon.

*
* *

Le lendemain, au lycée, toutes les choses qu'Angel lui avaient révélées se bousculaient encore dans la tête de la jeune fille.

— Buffy ! appela Ford en lui faisant signe.

Elle se souvint qu'elle ne pouvait pas avoir confiance en son plus vieil ami.

— Ford, le salua-t-elle avec un sourire forcé.

Il lui sembla qu'une lueur calculatrice, presque affamée, brillait dans les yeux du jeune homme.

— Je me suis beaucoup amusé hier soir, confia-t-il. C'était très... intéressant.

— Ravie que tu le penses, dit Buffy en s'efforçant de dissimuler ses sentiments.

— Tu veux sortir avec moi après les cours ? A moins que tu n'aies prévu autre chose avec tes amis...

— Non, je suis libre.

— Parfait. J'ai eu une idée géniale, tu verras.

— Quel genre d'idée ?

— C'est une surprise.

— Oh ! J'adore les surprises, mentit la Tueuse.

— Alors, on se retrouve ici ?
— Si tu veux.
— A neuf heures ?
— Entendu.
Avec un sourire ravi, Ford s'exclama :
— Tu verras comme on va s'amuser !

*
* *

L'air morose, Alex et Willow étaient assis dans l'escalier. Cela rappela à Buffy toutes les fois où elle avait été convoquée dans le bureau du principal.
— Hé, Buffy ! appela Willow. Angel t'a-t-il, euh...
— Il m'a tout raconté, lâcha froidement la jeune fille.
— Je suis désolée de t'avoir caché des choses, dit son amie en baissant le nez.
— Ça ira, soupira Buffy, presque sincère.
— Quand Angel est venu dans ma chambre, il s'inquiétait tellement pour toi, insista Willow. Et nous avons préféré ne rien te dire pour ne pas t'inquiéter tant que nous n'avions pas de certitude.
Chère Willow... Buffy ne pouvait jamais rester en colère contre elle très longtemps. Elle lui posa une main sur le bras.
— As-tu découvert ce que mijote Ford ? interrogea Alex.
— Non, mais j'y travaille, répondit la jeune fille.
Puis elle s'éloigna.

*
* *

Ses deux amis la suivirent du regard. Puis Alex réalisa ce qu'avait dit Willow et la dévisagea d'un air stupéfait.

— Angel est venu dans ta chambre ?

— Nous vivons un amour interdit, soupira la jeune fille.

*
* *

Les fidèles étaient rassemblés au Club du Soleil Couchant. Ford descendit l'escalier pour se joindre à eux.

— Chantarelle, dit-il à la jolie blonde tout de noir et d'écarlate vêtue, qui portait un ras-de-cou orné d'une grosse pierre rouge. Est-ce que c'est prêt ?

Le crétin anciennement connu sous le nom de Marvin s'approcha et répondit sur un ton irrité :

— Bien sûr que c'est prêt. Je me suis occupé de tout, comme d'habitude.

Le regard de Chantarelle s'éclaira.

— Alors, le moment est venu ? souffla-t-elle sur un ton émerveillé.

Ford acquiesça.

— Nerveuse ?

— Oui, admit la jeune fille. Non. (Elle se redressa de toute sa hauteur.) Je suis prête à subir la transformation. Tu crois vraiment qu'ils vont nous bénir ?

— J'en suis certain, affirma Ford. Tout se passe exactement comme prévu.

— Et tes amis, ils vont venir aussi ? interrogea Diego.

Ford cligna des paupières.

— Quels amis ?

— Tu sais bien, ceux qui sont venus hier soir. Deux garçons et une fille.

— Le plus vieux n'était vraiment pas sympa, ajouta Chantarelle, les lèvres pincées à ce souvenir.

Ford sentit un nœud se former dans son estomac.

— Pourquoi ne m'en avez-vous pas parlé plus tôt ?

Diego fut aussitôt sur la défensive.

— Je dois toujours tout faire ici ! Désolé, Monsieur l'Organisateur en Chef, mais ça m'était sorti de la tête.

Chantarelle fronça les sourcils.

— Ça ira quand même ? s'inquiéta-t-elle. Ils ne vont pas nous laisser tomber, pas vrai ?

Ford n'avait pas de temps à perdre avec ce genre de détails.

— Tout va bien se passer, assura-t-il.

— J'ai besoin qu'ils me bénissent, insista la jeune fille.

— Tout va bien se passer ! cria Ford, exaspéré.

— Ça, ça m'étonnerait beaucoup, dit une voix derrière eux.

Ford pivota. Buffy était en train de descendre l'escalier.

Le visage du jeune homme se figea comme un masque de pierre. Il jeta un regard en coin à Diego et murmura :

— Tu ne sens pas un courant d'air ?

Diego s'éloigna tandis que Buffy se rapprochait.

*
* *

Buffy savait qu'elle devait garder la tête froide, mais elle était blessée et en colère quand ses yeux se posèrent sur Ford.

Pourtant, elle parvint à le cacher. Elle était devenue très forte pour dissimuler ses sentiments : boulot de Tueuse oblige.

— Je suis navrée, Ford, dit-elle sur un ton léger en le rejoignant au bas de l'escalier. Je n'ai pas pu attendre jusqu'à ce soir. Je suis extrêmement impulsive ; c'est un de mes nombreux défauts.

Ford haussa les épaules.

— Nous en avons tous.

— Je me demande quels sont les tiens, déclara la jeune fille en lui faisant face. Le mensonge et l'hypocrisie, peut-être ?

— Tout le monde ment de temps à autre, se défendit Ford.

— Que veux-tu exactement ? Pourquoi as-tu monté toute cette mise en scène ?

— Je ne crois pas que tu comprendrais.

— Je n'ai pas besoin de comprendre : juste de savoir, dit Buffy sur un ton qui n'admettait pas de réplique.

— Je veux être l'un d'eux, expliqua Ford.

La jeune fille digéra tant bien que mal cette information.

— Un vampire ?

— Oui. Et j'en serai un, affirma Ford.

— En général, ils sont assez pointilleux sur le choix des personnes qu'ils transforment... (Buffy écarquilla les yeux.) Tu leur as proposé un marché, n'est-ce pas ? réalisa-t-elle.

Elle était plus choquée que les mots n'auraient su l'exprimer. Son plus vieil ami complotait sa mort !

— Cette conversation m'ennuie, grogna Ford.

Buffy le saisit par le col et le plaqua brutalement contre le mur.

— Moi, je me sens d'humeur à bavarder. Tu allais me livrer à eux, n'est-ce pas ? Ce soir...

— Oui, admit Ford d'une voix étranglée par la prise de la jeune fille.

Buffy fronça les sourcils.

— Tu devais te douter que je découvrirais le pot aux roses...

Ford sourit.

— En fait, je comptais même dessus.

Il éclata d'un rire qui se changea en une quinte de toux sifflante.

Inquiète, Buffy le lâcha et recula. Ford lui fit une grimace qui lui donna la chair de poule.

— Que doit-il se passer ce soir ?

— Parfait ! s'exclama Ford, ravi. C'est exactement comme ça que je voyais la scène ! Le moment où tu me demandes ce qui est censé se passer... En fait, ma chère, ça a déjà commencé.

La porte se referma avec un claquement sec. Immédiatement, Buffy bondit en haut de l'escalier pour tenter de la rouvrir. Sans succès. Il n'y avait pas de poignée, et les gonds étaient à l'extérieur.

La jeune fille pivota pour affronter Ford qui montait lentement les marches métalliques, le reste des aspirants vampires groupés autour de lui comme pour une photo de classe macabre.

— Nous avons effectué quelques préparatifs en ton honneur, gloussa le jeune homme. Cette porte ne peut plus s'ouvrir que de l'extérieur. Dès le coucher du soleil, ils viendront.

— Ford, dit Buffy sur un ton suppliant, si ces gens sont toujours là quand ils arriveront...

— Ils nous transformeront tous, intervint le type à la cape bleue.

— Ils nous élèveront à un nouveau niveau de conscience, ajouta Chantarelle. Nous deviendrons comme eux, des Solitaires.

— C'est la fin, Buffy, dit Ford avec un sourire pincé. Personne ne sortira d'ici vivant.

Buffy s'élança au pied de l'escalier à la recherche d'une autre issue. Ford la suivit d'un pas plus mesuré.

— Il doit bien y avoir un moyen de sortir, marmonna la jeune fille.

— Nous sommes dans un abri antiatomique, la détrompa Ford tandis qu'elle écartait une tenture de velours, révélant une porte murée. Je savais que je ne serais pas de taille à te maîtriser, mais tu ne pourras rien contre un mètre d'épaisseur de béton. Fais-moi confiance, et abandonne tout espoir.

— Au moins, laisse partir les autres, insista Buffy.

Chantarelle fit la moue.

— Pourquoi ? C'est ce que nous voulons.

— Notre seule chance de devenir immortels, ajouta Diego.

— N'est-ce pas une belle journée pour mourir ? gloussa encore Chantarelle.

Ils ont vraiment passé trop de temps devant la télé, songea Buffy.

— Tout ce que je sais, répliqua-t-elle, c'est qu'au coucher du soleil, Spike et ses amis vont venir se goinfrer au buffet gratuit.

— Ça suffit, grogna Diego. On devrait la bâillonner.

Buffy lui jeta un regard méprisant.

— Tu peux toujours essayer, gros lard.

— C'est une incroyante, insista Diego. Elle nous souille par sa seule présence.

— J'essaye juste de vous sauver, lâcha Buffy, exaspérée. Ne comprenez-vous pas ? Vous allez mourir ! Votre seul espoir est de fuir sur-le-champ. Et pendant que tu y es, profites-en pour te trouver une tenue moins ridicule.

Diego eut l'air blessé. Levant le menton, il se drapa dans sa cape bleue.

Ford sourit.

— Sur ce point, je suis obligé de l'approuver, Diego.

Une sonnerie se déclencha. Le jeune homme sortit un bipeur de sa poche et consulta l'écran avec un sourire triomphal.

— Six heures vingt-sept, annonça-t-il. Le coucher du soleil.

*
* *

Le coucher du soleil.
Pendant que ses suppôts se rassemblaient pour la chasse, Spike leur donna ses instructions.

— Quand nous arriverons là-bas, déployez-vous. Je veux deux hommes pour garder la porte. La Tueuse est notre priorité. Pour le reste, débrouillez-vous comme vous voudrez, mais tâchez de vous montrer partageurs.

Il se dirigea vers Drusilla.

— Tu te sens d'attaque ? demanda-t-il, inquiet. Tu n'es pas obligée de venir, tu sais.

— J'ai envie d'un petit quelque chose à grignoter, répondit-elle d'une voix de fillette.

— Et tu l'auras, ne t'en fais pas.

Spike lui caressa les cheveux et sourit en contemplant son visage parfait. Leur soif de sang montait à l'unisson. Il n'arrivait pas à croire qu'il aimait autant cette fille.

— Lucius ! appela-t-il en brandissant un trousseau de clés. Amène la voiture !

*
* *

Buffy cherchait toujours une issue. Elle remonta en haut de l'escalier et fit courir ses doigts le long de l'encadrement de la porte.

— Tu n'abandonnes jamais, pas vrai ? demanda Ford.

— Non.

— C'est une qualité que j'apprécie. Trop de gens se laissent faire sans réagir, mais nous...

— « Nous » ? releva Buffy. Depuis quand avons-nous quelque chose en commun ?

Ford sur les talons, elle arpenta le balcon.

— Depuis toujours, et plus que tu ne crois, répondit le jeune homme.

— Laisse-moi t'expliquer un truc, dit Buffy en se retournant. Tu es ce qu'on appelle le méchant.

— Je suppose que oui, dit-il, surpris, comme s'il n'y avait jamais pensé avant, mais que l'idée ne lui déplaisait pas.

Buffy baissa les yeux vers ses amis couverts de dentelle et de rouge à lèvres noir, qui chuchotaient entre eux d'un air à la fois anxieux et excité.

— Tous ces gens... Spike ne les transformera pas, n'est-ce pas ? Ils sont juste là pour nourrir sa bande.

— Techniquement, oui, avoua Ford sans le moindre remords. Notre marché ne concernait que moi. Je n'ai pas voulu abuser...

— Imbécile ! cracha Buffy, sortant de ses gonds. Tu crois que tu vas devenir immortel, mais ce n'est pas comme ça que ça se passe. Tu meurs, et un démon s'installe là où tu habitais avant. Il parle, il marche et il possède tes souvenirs, mais ce n'est pas toi.

Un instant, Ford détourna les yeux.

— Ce sera toujours mieux que rien, lâcha-t-il enfin.

Buffy fut choquée et ne le cacha pas.

— Ta vie n'est rien pour toi ?

Ford éclata d'un rire amer.

— Ces gens ne méritent pas de mourir, insista la jeune fille.

— Moi non plus ! cria Ford. (Sa voix se brisa.) Mais apparemment, personne n'y a songé, parce que je suis quand même en train de crever !

Buffy cligna des paupières. Elle ne comprenait pas.

— J'ai l'air en forme, pas vrai ? continua le jeune homme avec un rictus. En réalité, il me reste six mois à vivre... peut-être moins, et ce qu'on enterrera ne me ressemblera même plus. Ce sera une pauvre petite chose chauve, racornie et puant la mort. Je ne veux pas finir comme ça !

Buffy se détourna.

— Navré, Summers. Aurai-je enrayé ton accès de colère vertueuse ? Le nid de tumeurs qui me liquéfie le cerveau gâche-t-il ton plaisir ?

— Je suis navrée. (De nouveau, elle lui fit face, des larmes de pitié dans les yeux.) Je ne savais pas... Mais malgré tout, ce que tu t'apprêtes à faire est très mal.

— Commence par vomir vingt-quatre heures d'affilée tellement tu souffres ; ensuite, on pourra discuter du bien et du mal.

Ford désigna les aspirants vampires massés en bas.

— Ces gens sont des moutons. Ils veulent se transformer parce qu'ils se sentent seuls ou qu'ils s'ennuient. Moi, je n'ai pas le choix.

— Bien sûr que si. Ce n'est pas un choix facile ni agréable, mais tu en as quand même un. Tu as opté pour un meurtre collectif, et rien de ce que tu peux dire ne me fera changer d'avis : c'est mal.

— Crois-tu que j'aie besoin de me justifier devant toi ? ricana Ford.

— Je crois que ça fait partie de ta petite mise en scène. N'est-ce pas exactement ainsi que tu l'imaginais ? Tu me dis combien tu as souffert, et je prends pitié de toi.

« Tu avais raison sur un point : j'ai pitié de toi. Mais si des vampires arrivent avec l'intention de se nourrir, ça ne m'empêchera pas de te tuer le premier.

Un instant, l'ombre d'un sourire passa sur le visage de Ford, et il redevint le vieil ami après lequel elle avait soupiré des mois en CM2.

— Tu sais quoi, Summers ? dit-il doucement. Tu m'a beaucoup manqué.

*
* *

Le moteur d'une voiture gronda. Des pneus crissèrent sur le goudron.

Ils étaient là.

Peut-être restait-il encore suffisamment de l'ancien Ford à l'intérieur du crâne de son ami, espéra Buffy. Peut-être pourrait-elle ressusciter ce qu'il était avant sa maladie, de la même façon qu'Angel avait retrouvé son âme.

— Ford, aide-moi à mettre un terme à cette folie. Je t'en prie.

Mais elle comprit que son instant de faiblesse était passé, et qu'il était déterminé à mener son plan à bien.

Buffy se dirigea vers l'escalier.

— Ecoutez-moi tous, dit-elle en descendant. Ce n'est pas le vaisseau-mère qui vous rappelle à lui : juste une mort atroce venue jouer avec vous avant de vous dévorer.

Ford la frappa dans le dos avec une barre à mine. La jeune fille dévala les marches et, sonnée, se remit debout pour se défendre tandis qu'il levait à nouveau son arme.

*
* *

Chantarelle ne s'attendait pas à un accès de violence, et la tournure que prenaient les événements l'effraya. Elle ne pensait pas que ça se déroulerait ainsi.

Mais alors que les Solitaires allaient faire leur entrée, la jeune fille se prépara à les accueillir. Lentement, elle monta l'escalier.

La porte s'ouvrit à la volée. Une silhouette au visage bestial, couronné par une touffe de cheveux blancs, pénétra sur le balcon.

Découvrant les crocs, le vampire arracha le ras-de-cou de Chantarelle. Terrifiée, la jeune fille ouvrit la bouche pour hurler.

— Prenez-les tous, ordonna la créature, mais gardez-moi la Tueuse !

Tandis qu'il plongeait ses crocs dans le cou de Chantarelle, les autres vampires dévalèrent les marches métalliques pour se jeter sur leurs adorateurs.

Ils commencèrent à festoyer.

Ils n'étaient ni sages ni exaltés. Ce n'était pas un moment sacré, mais un cauchemar.

*
* *

Brandissant sa barre à mine, Ford contourna le canapé. D'un coup sec, Buffy lui arracha son arme et l'envoya heurter un pilier tête la première. Le jeune homme s'effondra sur le sol.

Alors, Buffy vit la fille. La petite amie de Spike.
Ou d'Angel.

L'air hébété et affamé, Drusilla se tenait sur le balcon. Sans hésiter, Buffy bondit sur le canapé et, prenant son élan, se propulsa dans les airs.

Elle atterrit près de la vampire, lui passa un bras autour de la gorge et sortit un pieu dont elle plaça la pointe sur son cœur mort.

— Spike ! gémit Drusilla.

Le vampire se figea. Il semblait sincèrement effrayé. Aussitôt, il lâcha Chantarelle, qui se laissa tomber à terre et éclata en sanglots.

— Arrêtez ! hurla Spike.

Les vampires se figèrent.

— Bonne réaction, approuva Buffy. A présent, fais sortir tout le monde ou ce qui restera de ta petite amie quand j'en aurais fini avec elle tiendra dans un cendrier.

— Spike ? appela Drusilla, anxieuse.

— Tout va bien aller, mon bébé, lui assura-t-il. (Puis, il se tourna vers ses complices :) Laissez-les partir.

Les aspirants vampires ne se firent pas prier. Se découvrant des ressources athlétiques insoupçonnées, ils se ruèrent vers la porte et désertèrent le Club du Soleil Couchant plus vite que des rats qui fuient un navire en train de couler.

Diego bouscula tout le monde pour être le premier à sortir. Un jeune homme s'arrêta quand même pour aider Chantarelle.

Lorsque tous les humains eurent évacué la salle, Buffy recula vers la porte en étreignant toujours Drusilla. Au dernier moment, elle poussa la vampire dans les bras de Spike, bondit dehors et referma le battant métallique derrière elle.

Spike se rua en haut de l'escalier et s'immobilisa.

— Où est la poignée ? demanda-t-il à voix haute.

*
**

Quand Buffy émergea dans l'air nocturne, les cinglés avaient disparu. Alex, Willow et Angel attendaient sur le seuil.

— Vous arrivez juste à temps...
— Où sont les vampires ? demanda Willow.
— A l'intérieur. Mais ils finiront par trouver un moyen de sortir. Mieux vaut ne pas traîner dans les parages. Nous n'aurons qu'à revenir plus tard.

Alex fronça les sourcils.
— Revenir pour quoi ?

Buffy sentit la colère monter en elle, mêlée à un profond chagrin.
— Chercher le cadavre.

*
* *

Ford était toujours vivant.

Sonné, il se redressa et regarda autour de lui. Sa tête lui faisait affreusement mal.
— Que s'est-il passé ? balbutia-t-il.
— Nous sommes coincés ici ! cracha Spike.
— Et Buffy ?
— Elle n'est pas coincée avec nous.

Ford eut un haussement d'épaules qui signifiait en substance : on ne peut pas gagner à tous les coups.
— Moi, j'ai rempli ma part du contrat, fit-il remarquer. Je vous l'ai livrée.
— Je suppose que oui, admit Spike.
— Alors, où est ma récompense ?

Sans répondre, Spike et Drusilla jetèrent un regard affamé au jeune homme.

*
* *

Le lendemain, lorsque Buffy revint au club, tout était exactement comme elle l'avait imaginé.

La porte pendait sur ses gonds à moitié arrachés.

Dans l'escalier gisait le cadavre de Ford.

Ses yeux grands ouverts contemplaient l'éternité.

ÉPILOGUE

Dans le cimetière, Giles regarda Buffy déposer une rose sur la tombe fraîchement creusée de Billy Fordham.

Un pâle clair de lune filtrait entre les arbres, éclairant l'endroit où s'étaient déroulés tant des drames majeurs dans la vie de la jeune fille.

C'était ici qu'Angel et elle avaient parlé de leurs sentiments pour la première fois. Dans une crypte voisine, elle lui avait demandé en plaisantant s'il savait ce que c'était d'avoir un ami.

Et à présent, elle venait d'en enterrer un.

Elle leva les yeux vers Giles.

— Je ne sais pas ce que je suis censée dire.

— Tu n'as pas besoin de dire quelque chose, la rassura le bibliothécaire.

— Ce serait plus simple si je pouvais le détester. Je pense que c'est ce qu'il voulait. Ça lui facilitait les choses de se retrouver dans le rôle du méchant. En réalité, il avait affreusement peur.

— Je suppose que oui.

— Rien n'est simple depuis que je suis devenue la Tueuse, soupira Buffy. Je passe mon temps à essayer de comprendre. Qui je peux aimer, qui je dois haïr, qui mérite que je lui fasse confiance... Plus j'en découvre, et moins je comprends.

— Ça doit être ce qu'on appelle grandir, souffla Giles.

— Dans ce cas, je veux arrêter tout de suite, dit Buffy d'une toute petite voix.
— Je sais ce que tu ressens.
— Est-ce que... ça devient plus facile en vieillissant ?

Soudain, Ford jaillit de sa tombe.

Sauf que ce n'était pas Ford, mais un vampire grimaçant et couvert de boue.

Sans hésiter, il plongea sur Buffy. La jeune fille lui enfonça un pieu dans la poitrine d'un geste vif et il explosa.

Au temps pour l'immortalité...

— Tu parles de la vie ? s'enquit Giles, qui n'avait pas cillé.
— Oui.
— Que veux-tu que je te réponde ?

Buffy réfléchit quelques instants, puis supplia tout bas :

— Mens-moi.

Le bibliothécaire prit un ton léger.

— Oui, ça devient terriblement simple.

Ils se dirigèrent vers la sortie.

— Les gentils sont toujours fidèles et loyaux jusqu'à la mort. Les méchants se reconnaissent facilement à leurs cornes ou à leur cape noire ; nous finissons toujours par les vaincre et par sauver le monde. Personne ne meurt jamais ; nous nous marions et nous avons beaucoup d'enfants... Pas ensemble, bien sûr.

Buffy eut un sourire triste et lâcha :
— Menteur.

LES CHRONIQUES :

ÉPILOGUE

« Personne ne meurt jamais ; nous nous marions et nous avons beaucoup d'enfants. »

Tapi dans l'ombre, Angel regarda la Tueuse et le Gardien sortir du cimetière. L'ami de Buffy, Ford, n'était plus.

Drusilla vivait toujours.

Angel et Buffy étaient morts tous les deux : elle noyée par le Maître avant qu'Alex ne la ressuscite, lui quand Darla l'avait changé en vampire et puis quand, la malédiction des bohémiens prenant effet, il avait regagné la capacité d'éprouver des remords... Et aussi de l'amour pour la Tueuse.

A présent, ils cheminaient ensemble. Ils se découvraient l'un l'autre, se confessaient leurs erreurs, se révélaient leurs frayeurs les plus intimes et osaient croire en leurs sentiments.

Buffy et lui ne se marieraient pas et n'auraient jamais d'enfants. Mais ça ne les empêcherait pas d'être heureux, avec un peu de chance.

Angel ne savait qu'une chose : il l'aimait, et dans les tréfonds de son âme, il était mortellement désolé d'avoir tant de traits haïssables.

Tandis que le clair de lune se reflétait sur les cheveux dorés de Buffy, il demeura dans l'ombre pour la regarder s'éloigner.

Et il y resta jusqu'à que ce que l'aube soit sur le point de se lever.

LE GUIDE OFFICIEL

**Du jamais vu. Des interviews exclusives.
Des informations inédites.
La bible officielle de la série à succès.**

Grand format 119 FF.
Disponible dès novembre 1999

Si vous souhaitez avoir plus d'informations sur votre série préférée,
vous pouvez contacter le fan club français de Buffy :

**La guilde de Buffy
7, rue des Ardennes
75019 Paris
Tel. 01 47 70 14 65
E-Mail : planetblue@francemel.com**

TOUT Buffy EST AU FLEUVE NOIR

(septembre 1999)

(octobre 1999)

Buffy CONTRE LES VAMPIRES

Liste des titres à paraître :

7. Les chroniques d'Angel 2 (janvier 2000)
8. La chasse sauvage (mars 2000)
9. Les métamorphoses d'Alex (mai 2000)
10. Retour au chaos (juin 2000)
11. Danse de mort (septembre 2000)
12. Loin de Sunnydale (novembre 2000)

Buffy CONTRE LES VAMPIRES

Achevé d'imprimer en mars 2000
par Brodard et Taupin
La Flèche

FLEUVE NOIR – 12, avenue d'Italie
75627 PARIS – CEDEX 13.
Tél. 01.44.16.05.00

Dépôt légal : octobre 1999
N° d'impression : 1274
Imprimé en France